仇討ち包丁
盗まれた味

氷月　葵

コスミック・時代文庫

この作品はコスミック文庫のために書下ろされました。

目次

第一章　盗まれた味

一

江戸深川松村町《ふかがわまつむらちょう》。

戸口から出て来た吉平《きっぺい》は、抱えていた看板の掛け行灯《あんどん》を、両手で掲げた。掛けっぱなしの店も多いが、吉平は夜にしまい、昼に掛けるのを毎日の仕事にしていた。が、まだ十二歳の吉平は、背が伸びきっていないため、つま先立ちになる。

細長の行灯の表には江戸一《えどいち》と書かれている。右の側面にはめし、左には煮売《にうり》という字も墨書きされている。煮物や焼き物の菜《さい》に飯や汁物を出し酒も置いているが、料理茶屋ほど立派ではない、煮売茶屋だ。気の短い江戸っ子は、言いにくい煮売茶屋ではなく、飯屋と呼ぶことが多い。

吉平が手を伸ばしていると、

「そらよ」

背後から手が伸びた。行灯を掛け棒に引っかけてくれる。

振り向いた吉平は、顔を見上げて笑顔になった。

「あ、旦那《だんな》、ありがとさんです」

なに、と笑みを返したのは、南町奉行所《みなみまちぶぎょうしょ》の定町廻り《じょうまちまわ》同心である矢辺《やべ》一之進《いちのしん》だった。

「もう食えるか」

問いつつも、一之進は店の中に入って行く。

吉平もあとに続き、中で追い抜いた。

「おとっつぁん」

と、呼びかけると、父の吉六《きちろく》は包丁《ほうちょう》を持つ手を止め、台所から身体を斜めにして一之進を見た。

「お、こりゃ、旦那、いらっしゃいまし」

「おう、今日の勧めはなんだ」

広い床几《しょうぎ》に腰を下ろした一之進に、吉六が笑顔で言う。

「へい、いい鯵《あじ》が入りやしたよ」

「おう、鯵か、よいな」

「焼きにしますか、煮にしますか」

吉六が鯵を掲げて見せると、一之進は首を伸ばして目を細めた。

「そうさな、やはり煮だな、煮汁たっぷりで」

へい、と吉六は鯵をまな板に置く。

台所からは醬油《しょうゆ》の香ばしい匂いが漂ってくる。

そこに、表の戸が開いた。

三人連れの客が入って来ると、そのすぐあとから、一人、二人と客が続いた。

連れのある客は小上がりに上がり込む。

吉平は飛んでいくと、客からの注文を受けた。

「いつもので頼むぜ、煮物でおまかせだ」

「おれも吉《きっ》つぁんにまかせる。あ、ひじきは付けてくれ」

「おれは煮魚で頼む」

へい、と吉平は順に聞いていく。と、一人の客が手招きをした。

「こっちも煮魚だ、魚はなんでもいいや」

頷《うなず》いて台所に走ると、父に伝えて、また客のところへ戻る。

「おまっとうさんで」

向き合った二人連れの一人は、よく知った顔だ。

「穴子《あなご》の蒲焼《かばや》きをくんな、タレたっぷりで、飯は大盛りでな、二人分だ」

おい、と連れが手を上げる。

「勝手に決めんなよ」

「いいんだよ」男は笑う。

「とにかく食ってみろって、ここはなんたってタレが旨《うま》いんだからよ。穴子を食ったら、残ったタレを飯にかけるのさ。こいつがたまらねえんだ」

じゃそれで、と吉平は台所へと戻る。

「ふうん」と連れは初めてらしく店の中を見まわしていた。

「江戸一なんていうから、どんだけ立派な店かと思ってたのに、普通の煮売茶屋じゃねえか」

「ああ、けど、うめえぞ。江戸一ってえのは、ここの吉さんの心意気よ。それにタレはほんとに江戸一だ」

へえ、と連れは首をかしげる。

台所から吉六の声が上がる。

「鰺ができたぞ」

はい、と吉平が盆を出す。

煮魚と飯、味噌汁《みそしる》と漬物を盆に並べ、一之進の元へと運んだ。

立ち上る湯気に目を細めて、一之進は箸《はし》を手に取った。

その匂いが広がり、二人連れの腹が鳴った。

「旨そうだな」

「だろ」

台所からまた吉六の声が上がり、吉平が走る。

次々に、湯気を立てる菜や飯が運ばれて行く。

二人連れの前にも、焼き穴子の一揃いが置かれた。

どれ、と連れが待ちかねたように穴子を口に運んだ。

おっ、と目を見開く。

「どうだ」

常連の男に覗《のぞ》き込まれ、連れの男は大きく頷いた。

「ほんとだ、うめえや」

箸が止まらなくなり、穴子とご飯を交互に口に入れていく。常連のほうは胸を張って、食べ出した。すぐに穴子を食べ終わり、男は皿からご飯にタレを移す。連れもその真似《まね》をした。

茶色いタレが飯粒にしみていく。それを掻き込むと、はあっと顔を上に向けた。

「ああ、これよ、これ」目を細めて連れを見る。

「な、言ったとおりだろう、わざわざ大川《おおかわ》（隅田川《すみだがわ》）を渡って来たかいがあるってもんだ。みんな、遠くから来るんだぜ」

「ああ」と、連れも天井を見上げる。

「ほんとだ、甘辛いのが飯粒にしみ込んで、たまんねえな」

ゆっくりと口を動かして味わう。

そのようすを見て、同じく煮魚の汁をご飯にかけた一之進が笑顔を向けた。

「ここの店だけは、ぶっかけ飯をしても誰も文句は言わないからな」

ああ、と三人連れから声が上がる。

「煮汁を残すやつなんざいないさ」

そこに、あぁ、という溜息が割り込んだ。一人で床几に座った男が、首を振ると、その顔を台所に向ける。

「吉六さん、こんな店やってないで……いや、こんなと言っちゃあ悪いが、その腕、うちで振るっちゃくれないかねえ」

　一之進がその男を見た。

「そなた、確か料理茶屋の……鈴乃屋《すずのや》の主《あるじ》だったな、弥右衛門《やえもん》さんといったか。

なんだ、吉さんを引き入れようとしているのか」

「ええ」弥右衛門は頷く。

「ここのタレといい、煮物といい、いや、魚だってなんだって旨い。うちで料理をしてくれれば、評判が上がることは間違いないんですよ」

　小上がりの三人が弥右衛門を見て、手を振った。

「ああ、無理無理」

　それぞれに声を上げる。

「おうよ、吉さんはもともと湯島《ゆしま》のでっかい料理茶屋にいたんだ。そこをやめて、わざわざこんな小さな店を借りたんだぜ」

「そうさ、お大尽《だいじん》や大名、お武家に贅沢《ぜいたく》な物を作るより、おれらに安くて旨い物を食わしてやろうってえ心意気なんだ。今更、でけえ料理茶屋になんぞ、行くもんか、なあ、吉さん」

　高めた声に、吉六は台所からひょいと顔を覗かせた。それを笑顔にすると、黙って頷いて、また戻って行った。

「ほうら」

三人の声に弥右衛門は「はあ」と息を吐く。

二人連れの常連も振り返った。

「第一、この江戸一はおれっちにとっちゃあ、なくっちゃならねえ飯屋だ。吉さんをよそに連れて行くなんざ、深川の男どもが承知しないぜ」

その言葉に、

「おう」

「そうだそうだ」

三人連れも声を上げる。

深川には木場《きば》があるため、木材を扱う川並衆《かわなみしゅう》がいる。また、米問屋が並び、船から米俵《こめだわら》を担ぎ上げる荷揚げ職人も多い。皆、威勢がよく、気が短い。

吉平は皆のやりとりに、いつの間にか胸を張っていた。つっと、前に出ると、客らを見まわす。

「大丈夫、おとっつぁんはこの店をずっとやるよ。そいで、そのうちもっと大きくするんだ」

「おっ、そうか」

三人連れが笑顔になる。

「そいで、吉平が継ぐんだな」

「おう、そりゃいい」

吉平は大きく頷いた。

台所から聞こえてくる包丁の音が高まり、楽《がく》の音《ね》のように響いた。

そこに戸が開く音が立った。

二人の男が入って来る。

「お、入れるぞ、早く来たかいがあったな」

笑顔になる客に、吉平は、

「らっしゃい」

と、声を張り上げた。

中食《ちゅうじき》の客が引くと、吉六は片付けをする吉平に声をかけた。

「おれらも飯にしよう、腹が減ったろう」

うん、と吉平は器の載った盆を手に、台所に入って来る。それを流しに置くと、足下の籠《かご》を見た。野菜くずがたまっている。

「先にごみを捨ててくるよ」

そう言って籠を抱えると、台所の勝手口の戸を開けた。

十一月の木枯《こが》らしが吹き込んでくる。その風のなか、踏み出そうとした足を止めた。目の前を男が通り過ぎたからだ。背中を見送って、吉平は逆に歩き出した。

裏路地には、町で使っているごみ箱がある。

そこに籠のごみをあけると、店へと戻った。と、父が戸口に立っていた。

「おう、悪いな、これも頼む」

魚の頭や尾が入った器を渡された。

あいよ、と吉平は、来た道を戻った。が、その足をごみ箱の手前で止めた。

ごみ箱を覗き込む男の背中が見えた。

あれ、と吉平は首をかしげた。さっき、勝手口の前にいた人だ……。

吉平はまた歩き出した。その足音に、男はちらりと顔を向けた。と、背を向けたまま、その場から離れて行った。

ごみを捨てながら、吉平は足早に去って行くうしろ姿を見た。

時折、ごみ箱に手を入れて、中の物を拾っていく者もいる。が、去って行く姿はそれほど貧しいようには見えない。

なんだってんだ、と首をかしげつつも、吉平は空になった器を振った。腹がぐうと鳴ったのに気づき、肩をすくめると、店へと走り出した。

「捨ててきたよ」

「おう、ありがとよ、そら、飯ができたぞ」

大きな握り飯には青菜が混ぜてある。切り干し大根も山盛りだ。

「さ、食おう」

父と子は、台所で立ったまま握り飯を頬張った。

二

西日が射し、腰板障子の戸が明るくなったとき、表の戸が開いた。

「ごめんよ、遅くなっちまって」

「おっかさん」

吉平が走り寄る。母のおみののうしろから、妹のおみつがするりと前に出て、手を引かれた弟の松吉《まつきち》が続いて入って来た。

父の吉六も、笑顔で女房と子らに近寄って行く。

「おう、おみの、干し椎茸《しいたけ》はあったかい」

「あいよ、これ」

おみつが抱えていた晒《さらし》の袋を差し出すと、父はそれを笑顔で受け取った。

「おみつが運んできたのか、ありがとうよ」

おみのはおみつの頭を撫《な》でると、襷《たすき》をまわして袖《そで》をからげた。

「さて、今日はなにを手伝えばいいんだい」

「おう、大根と生揚げを切ってくれ。煮付けにする」

「あいよ」

と、おみのは腕まくりして台所に入って行く。

吉平はおみつと松吉を小上がりに上げた。

松吉が手にしていた玩具《おもちゃ》で遊び出すと、吉平とおみつもそれに付き合った。八歳のおみつは五歳の松吉を日頃からかわいがっている。吉平はもう遊ぶという歳ではないが、台所に立つ両親のために、店では面倒を見ていた。

その小上がりの三人の元に、父が皿を手にしてやって来た。

「吉平、これを食わしてやってくれ。おまえもつまむといい。味は三つだ」

置かれた皿には海苔《のりま》巻きが並べられていた。

わあい、と松吉が手を伸ばし、おみつも続く。頬張る二人を見ながら、吉平も手を伸ばした。ひと口囓《かじ》ってから、鰹節《かつおぶし》だな、と巻かれた中身を見た。こっちは沢庵《たくあん》か……。順に違う味を確かめながら、吉平は、松吉が食べこぼす飯粒を拾い自分で食べた。

台所からは包丁の音が響き、味噌や醤油の匂いが漂いはじめる。

そこに表の戸が開き、

「いいかい」

と、客が入って来た。

吉平は小上がりから降りると、床几に座った客の元へと走って行った。

「よう、吉坊」客は笑って見上げる。

「酒をくれ、肴《さかな》は吉さんにまかせるぜ」

へい、と吉平は台所へと走る。入れ違いに、奥からおみのが現れた。

盆には燗酒《かんざけ》の入ったチロリが載っている。夕飯時は酒を頼む客が多いため、すでに何本ものチロリが湯の中で温められていた。

「はい、おまっとさん」

おみのが盆を置くと、客は破顔した。

「すぐ来たな、おみのさんは顔だけじゃなく耳もいいや」

おみのは美人として評判だ。すでに三十を過ぎたが、色香が増したと男達は口を揃える。そのおみのはくるりと背を向けた。

「あい、うちの人も聞こえてますから、すぐに肴も持って来ますよ」

吉平が盆を持ってやって来る。

「おまっとうさんで、まずは大根おろしに小海老《こえび》の時雨煮《しぐれに》で」

「ほう、うまそうだな」

客は笑顔のまま、箸を取った。

また戸が開き、客が入って来た。店の中はすぐに賑《にぎ》わいを取り戻し、おみのと吉平は右に左にくるくると動きまわる。

次に入って来た客に、吉平は「あ」と走り寄った。

「差配《さはい》さん」

一家が暮らす福助《ふくすけ》長屋の差配人である徳次《とくじ》だ。白髪の交じった頭を振りながら、おう、と奥の小上がりに向かう。

隅で遊ぶおみつと松吉の横に座ると、二人の頭を撫でた。

「飯は食ったか」

「うん、今日は海苔巻きだった」

おみつの言葉に、松吉も「海苔巻き」と続ける。

吉平は運んできた盆を徳次の前に置いた。

「今日は鰺が旨いんです」

「おう、そうか、そいじゃ鰺をいただこう」

鰺の煮付けと味噌汁、ご飯に漬物が並んだ盆を前に、徳次は箸を手に取った。

おみつと松吉が、なんやかやと徳次に話しかけている。それに「うんうん」と頷きながら、徳次は箸を動かす。

「おうい、吉平」客が呼ぶ。

「茄子《なす》の田楽《でんがく》をくれ、味噌を多めでな」

「へい」

「お、じゃ、こっちは豆腐《とうふ》の田楽だ、味噌たっぷりで」

別の客も言う。

「へえい」吉平は台所へと走った。

「なんたってここは田楽味噌もうめえからな」

客の声が背中に聞こえてくる。

「おう、味噌をなめるだけで酒二合はいけるぞ」

「ちっ、しけたことを言うなって」

「そうじゃねえ、ほんとにうめえのさ、いや、貧乏は貧乏だけどよ」

客らの笑いが立つ。

吉平とおみのもつられて笑顔になり、客のあいだを縫った。

「さあて」箸を置いた徳次が腰を上げた。

「そいじゃ、帰るぞ」

おみつと松吉に手を伸ばす。

「あい」と、二人も徳次に続いて小上がりから降りた。

「ごっそさん」徳次が台所を覗く。

「そいじゃ、二人を連れて帰るよ」

おみのが出て来て、

「すいません、お願いします」

と頭を下げると、奥から吉六も、

「頼んます」

と声を投げる。

「あいよ」

徳次は子供二人と手をつないで出て行った。徳次はいつも、おみのが戻るまで長屋で子らを預かってくれていた。

三人が出ていくと、入れ違いに二人の客が入って来た。

「泥鰌《どじょう》はあるかい」

問われた吉平は、「へい」と頷く。

「活きのいいのがありますよ」

「おう、それじゃ泥鰌汁にしてくれ」

小上がりに座りながら言う客に、吉平は台所を振り向きつつ答えた。

「汁もできますけど、鍋もいいですよ」

「鍋ってのは、泥鰌鍋ってことかい」

「へえ、最近流行《はや》りの鍋で、泥鰌を開いて牛蒡《ごぼう》と煮るんで。おとっつぁん、できるよね」

台所へ声を投げると、「おう」と大きな返事が戻ってきた。

泥鰌は関東では豊富に捕れるため、よく食べられる。かつては、丸のまま汁物や鍋物にされたが、近年、開いて料理する鍋が現れ、旨いと評判になっていた。

「へえ、そいじゃ、それにしてくれ」

へえ、という吉平の受け答えと同時に、「あいよ」と吉六の声が響いた。

「泥鰌鍋ねえ」客の連れが言う。

「なんでえ、精をつけようってえ魂胆《こんたん》かい」

泥鰌も牛蒡も、精がつくと世に言われている。ために夏には暑さに負けないように食べることも多い。

その連れは含み笑いをして続ける。

「オットセイ将軍にあやかろうってのかい、よせよせ、将軍だから何十人も子供を持てるんだ、おれらにはそんな甲斐性《かいしょう》はありゃしないんだからよ」

「そんなんじゃねえや、年末に向けて精をつけるだけさ」

男が笑う。

時に文政《ぶんせい》年間、徳川《とくがわ》の将軍は十一代家斉《いえなり》だ。

家斉は四十人もの側室を置き、五十人以上の子供を産ませている。

オットセイはその陰茎《いんけい》が精力を増す薬とされており、漢方薬の一つとして、昔から使われてきた。家斉の子だくさんを皮肉って、町ではオットセイ将軍というあだ名がつけられている。

将軍家斉の奢侈《しゃし》淫靡《いんび》は広く知られているため、町からも慎《つつし》みの気配はすっかり消えていた。

家斉が将軍となった当時、松平定信《まつだいらさだのぶ》は老中として質素《しっそ》倹約《けんやく》を定めとしていたものの、その定信は数年で失脚して城を去っていた。代わって力を持った水野忠成《みずのただあきら》は、倹約を強《し》いることなく、むしろ緩《ゆる》めるほうへと舵《かじ》を切った。それによって、文化《ぶんか》から文政にかけて、町では娯楽や芸術が盛んになり、料理も楽しみとして広まっていた。

「へい、おまち、泥鰌鍋です」

吉平は煮え立つ鍋を運んできた。

周りの客らが首を伸ばして覗き込む。

「へえ、こりゃうまそうだな」

「おう、身体があったまりそうだな」

「おう、こっちにもくれ」

泥鰌鍋の注文が舞い込む。

「へい、お待ちを」

吉平は台所へと駆け込んでいった。

三

客が帰って、店は静かになった。

吉平が表の掛け行灯を外してくると、おみのは襷を外して、台所を覗いた。

「そいじゃ、あたしは帰るよ」

「おう、おれらは今日はちっと遅くなるぞ」

あいよ、とおみのは足を踏み出すと、それを止めて振り返った。

「あら、雨粒が落ちてきている……あんまり遅くならないほうがよさそうだよ」

「そうか、雪になるかもしれねえ、おめえも急ぎな」

「あいな」

おみのが出て行くと、吉平は台所へと入った。

「タレを作るんだね」

まな板の置かれた台の横に、二升《にしよう》が入る瓶《かめ》がある。その板の蓋《ふた》を開けて、吉平は中を覗き込んだ。半分近くに減っている。

「おう」と吉六は頷いた。

「うっかりしているとどんどん減っていくからな。明日は煮込まなきゃ」

前日に準備をして、翌日に半日煮込む。それを一晩寝かせて瓶のタレに継ぎ足すのがいつものやり方だ。

「そいじゃ、また干し椎茸をやるよ」

吉平は、棚から袋を取り出した。

「頼むぞ」吉六は笑顔になった。

「そういや、海苔巻きはどうだった」

「うん、鰹節が旨かった。あれはどうやって味付けをしたんだい」

「ありゃ、煎《い》り酒と醤油をまぶしたんだ」

煎り酒は昔からあるつけ汁だ。酒に梅干しを入れ、少量の塩を加えて煮詰めていく。酒が半量になったら鰹節を加え、少し煮てできあがる。醤油がまだ貴重であった頃には、刺身でもなんでも煎り酒をつけて食すのが普通だった。が、関東でも醤油が作られ、広まると、煎り酒の出番は減っていった。

「煎り酒かぁ、いい匂いだったのはそれだね」

「ああ、で、沢庵はどうだった」

「うん、沢庵もおれは旨かったけど、松吉は嚙《か》むのに難儀してたよ」

「ふうん、そうか。太く切ったからな」

「ああ、歯ごたえがあってよかったけど、子供や年寄りはどうだろう、細く刻めば嚙みやすいんじゃないかな」

「おっ、そうか、そいつはいい考えだ。梅干しはどうだった」

「うん、叩いてあって食いやすかった……」

言葉を止めた息子を、父は覗き込む。

「食いやすかった、けど、ということだな。いや、わかっちゃいるんだ。梅干しだけだと、味がいま一つ、物足りねえ。夏なら紫蘇《しそ》や茗荷《みょうが》を合わせられるんだけどな」

うーん、と腕を組む吉六を吉平は見上げる。

「店で出すのかい」

「ああ、そのうちにな。海苔巻きなら、急いでいるもんは便利だろ。それに持って帰れるから、弁当にできる。家のもんや仲間に持ち帰ってもいい」

「そうか、そりゃいいね」

「おう、そうだろ。あとは味だな。江戸一ならではの海苔巻きを作りてえ」

吉六は話しながら、すり鉢《ばち》とすりこ木を息子に差し出した。

吉平はそれを受け取ると、台所を出て行く。小上がりに上がり込むと、足のあいだにすり鉢を置いて、干し椎茸を入れた。それを、すりこ木で叩き潰《つぶ》していく。

台所からは、しゅっしゅっしゅっという音が聞こえてきた。鰹節をする音だ。それに混じって、雨音もしてきた。

吉平はそれを聞きながら、すりこ木をまわす。砕いた干し椎茸をさらに細かくする作業だ。椎茸のよい匂いが立ち上る。が、腕が強《こわ》ばり、吉平は手を止めた。すりこ木を手放し、両腕を下げると、うしろの壁に寄りかかった。ほう、と息を吐いて、目をつむる。雨音が大きくなっていた。

雪になるのかな……。吉平は瞼《まぶた》に雪景色を思い浮かべた。去年の冬には雪が積もり、松吉と遊んだのを思い出す。雪だるまを作ったら、おみつが喜んだな……。白く降りしきる雪が、瞼いっぱいに広がった。しん、と耳が静かになった。

その耳が動いた。

大きな音に、吉平は、はっと目を開けた。

しまった、寝ちまった……。吉平はもたれていた身体を起こす。

音がまた鳴った。

なんだ、と吉平は顔を巡らせる。台所からだ。
荒々しい声も立った。
父の声に別の声も混じる。
吉平は慌てて、小上がりから下りた。
「なにしやがる」
その叫びとともに、父が台所から転がり出た。
それに続いて男が飛び出した。
土間に倒れた父の上に、男は馬乗りになった。
あっ、と吉平は口を開いた。が、声にならない。
男の手には包丁がかざされている。
「よせっ」
吉六が両の腕を伸ばす。が、その隙間を包丁が下りた。
「うわあぁっ」
やっと出た声とともに、吉平が走った。
二人の横に飛び込む。と、手を伸ばした。
男の腕に手が届いたのと、包丁が父の胸に突き立てられたのは同時だった。

「よせぇ」

吉平は男の腕にしがみつく。

男はその腕を大きく払い、吉平を跳ね飛ばした。

転がった吉平を見て立ち上がり、台所へ走り出した。

吉平は父の元へと膝で戻った。

刺さったままの包丁を抜く。と、血が噴き出した。

わぁぁっ、と吉平は傷口を手で押さえた。

「おとっつぁん」

押さえた手はたちまち血で染まる。

「おとっつぁん、しっかり」

吉六の目は半開きで天井を見ている。

手で押さえたまま、吉平は表の戸のほうに顔を向けた。

「誰かっ、助けてっ」

声の限りに叫ぶ。

「医者、医者を呼んで……」

その叫び声に、戸が開いた。

「どうした」

向かいの店の主だ。と、親子を見ると目を見開いて、走り寄った。

「おい、吉さん」

肩を揺するが、吉六の目は動かない。

「なにがあった」

主は引きつった顔で見るが、吉平は顔を振るばかりで言葉が出ない。

すぐに別の男も入って来た。

「どうしたい」と、すぐに血だまりに気づき、

「医者を呼んでくら」

外へと飛び出すと、大声が響いた。

「おうい、大変だ、役人を呼んでくれ」

外がざわめき、足音が鳴った。次々に人が入って来る。

「なんだ」

「なんてこった」

膝をついて、吉平を見る。

「誰にやられた」

吉平ははっと顔を上げた。

男の姿はすでにない。勝手口からは、冷たい風が吹き込んできていた。

表から人が飛び込んで来た。

「どうしたっ」

同心の矢辺一之進だ。

血だまりに気づいて駆け込んでくる。

「吉六」

そう呼びかけながら、そっと手を顔に伸ばした。

表からまた足音が駆け込んで来る。

「医者だぞ」

皆がうしろに退く。一之進が医者を見上げて眉を寄せた。

医者も膝をついて、覗き込むと、同じように手をかざした。

一之進と医者が顔を見合わせる。

「これは……」医者が手を当てたまま吉平を見た。

「もう……」

顔を振る医者に、吉平が呆然《ぼうぜん》と目と口を開く。

一之進は吉平の腕をつかんで、離そうとする。が、吉平は首を振って、父にしがみついた。

「嘘だっ、嘘だ……」

一之進は吉平の肩へと手を移した。

「誰がやった、見たか」

吉平は顔を振り続ける。

「見た……けど、わからない」

「知らない男、ということか」

吉平が頷く。が、その手は父を揺さぶり続けていた。

「おとっつぁん、いやだ……」

一之進はそっと手を離した。

皆も黙って、吉平と吉六を見つめていた。

四

吉六の葬式が終わった翌日。

吉平は握り飯の載った皿を、母と妹弟の前に置いた。

長屋のおかみさんらが、かわりばんこに持って来てくれている物だ。

「さ、食いな」

吉平の言葉に、おみつと松吉はすぐに手を伸ばし、まだぬくもりの残っている握り飯を口に運ぶ。

「おっかさんも」

吉平は布団に横になったままのおみのに皿を差し出すが、母は首を振った。

「あたしはいらない、おまえがお食べ」

吉平は溜息を呑み込むと、皿を戻した。

母の分の一個を三つに分けると、妹弟の前に置いた。

握り飯とともに差し入れられた味噌汁を、合間に呑み込む。

口を動かしながら、吉平は母を横目で見た。

この三日で、目の下に隈《くま》が浮かび、唇からも色が消えた。

吉平は咽《む》せそうになった喉に、力を込める。

そこに、戸がそっと開いた。

「いるか」

顔を覗かせたのは同心の矢辺一之進だ。

「入るぞ」

そう言って、入って来る。と、手にしていた経木《きょうぎ》の包みを持ち上げた。

「饅頭《まんじゅう》を買ってきた、あとで食うがいい」

「饅頭」

松吉が手を伸ばして、包みを受け取る。

おみのはゆっくりと身を起こし、

「すいません」

と、頭を下げた。

いや、と言いながら、一之進は咳《せき》を一つ、払った。

「おみのさん、少しのあいだ吉平を借りてもよいか。江戸一の店でいろいろ聞きたいことがあるのだ」

おみのは息子を見る。吉平が頷いたのを見て、一之進に頷き返した。

「どうぞ」

「そうか、では、吉平、いっしょに来てくれ」

吉平は母に頷くと、一之進に続いて外へと出た。

表の道に出て、辻を曲がって店へと着く。

その戸の手前で、吉平の足は止まった。

一之進は顔を見下ろして、眉を歪めた。

「つらいだろう、すまぬな。だが、科人《とがにん》を捕まえるためにも、訊《き》かねばならんことがいろいろとあるのだ。なに、中はきれいにしてある」

吉平は唾《つば》を飲み込んだ。

「血は……」

「ああ、洗い流した。家主《いえぬし》が人を雇って掃除をしたんだ」

一之進は戸を開け、中へと入って行く。吉平も息を吸い込みながら、それに続いた。

三日前、吉六が倒れていた場所を一之進は見下ろし、吉平に目を移した。

「あのとき、どこにいたのか、教えてくれ」

吉平は小上がりを指さす。

「あそこで干し椎茸を砕いてました」

ふむ、と一之進は小上がりに寄って行く。

「ここからだと、台所は見えないな。人が入って来たのに気がついたのはいつだ」

吉平は顔を歪める。

「音と声がしたから……おれ、居眠りをしちゃってて……」

吉平は泣き崩れそうになる顔を引き締めて、一之進を見た。

「おれが、居眠りなんかしてなきゃ、おとっつぁんは殺されずにすんだんだ。おれ、おれが止めに入れば……」

堪《こら》えきれずに吉平の顔が歪み、涙があふれた。

一之進はそっと肩に手を置く。

「いや、そうではない」

その手を腕に移すと、一之進は小上がりに腰を下ろし、吉平を引き寄せた。

「見ろ」

懐《ふところ》から油紙の包みを取り出し、広げる。現れた包丁を、一之進は手に取った。

「これはあのときに落ちていた包丁だ。おとっつぁんの物か」

吉平は目を見開き、頷く。

「そうか」

一之進はさらに包みを広げ、もう一本の刃物を取り出した。

「これは匕首《あいくち》だ。台所に落ちていた。これはどうだ、見たことがあるか」

吉平は首を振る。

「おとっつぁんは匕首なんか持っていなかった」

「やはりそうか」

一之進は匕首を手にしたまま立ち上がると、台所へと向かった。付いて来た吉平を振り向き、裏口へと進む。

「近所の者に聞いたのだが、ここにはよく食い物をもらいに人が来ていたそうだな」

うん、と吉平は頷く。

「おとっつぁんはあまったご飯を握り飯にして取っておいたんだ。煮物や魚なんかも。店が終わる頃には、それをもらいに来る人がいたから」

「そうか、どんな人だった」

「いろいろ……お爺《じい》さんもいたし、子供もいたし、赤ん坊を背負ったおっかさんも来た。毎日じゃなくて、日によって、いろんな人が来てた」

「そうか。あの夜も、そういう誰かが来たと思って、吉さんは戸を開けたのだな」

一之進は裏の戸を開けてみせる。

「しかし、違った」手にしていた匕首を掲げる。

「その盗人《ぬすっと》は、匕首を突きつけて押し入ってきた」

「盗人……」

吉平のつぶやきに頷きながら、一之進は踵《きびす》を返す。

「そして、台所に入り込んできた。が、吉さんはそれに抗《あらが》ったはずだ。で、匕首を飛ばした、ということだろう」

一之進は、台所の隅を指さす。

「これはそこに落ちていたのだ。で、空手になった盗人は目についた包丁に手を伸ばしたに違いない」

一之進はまな板の前の包丁立てを見る。

「包丁はいつもそこにあるのであろう」

「へえ」と、吉平も目を向ける。

五本の包丁が並べて立てられる木枠《きわく》の包丁立てだ。が、一本分、空になっている。

吉平はそこに駆け寄った。

「ちくしょう」拳《こぶし》を握る。

「おとっつぁんが大事にして、毎晩、研《と》いでいたのに……それで刺すなんて……」

ああ、と一之進も眉を寄せる。

「まったくひどいものだ……盗人も抵抗されてかっとなったのだろう。で、その騒ぎで、吉平は目を覚ました、ということだな」

その言葉に、吉平が顔を歪める。と、その肩を一之進がつかんだ。

「いや、それゆえに助かったのだ。もし、吉平が起きていて最初から飛び出していたら、同じように殺されていたはずだ」

え、と見上げる吉平に、一之進が頷く。

「匕首を持っていた盗人だ、人を傷つけることなぞ、なんとも思ってはいない。そこにそなたが飛び込んだら、おとっつぁんはそなたをかばおうとして気が逸《そ》れる。そうすれば隙ができて、あっという間にやられたはずだ。吉さんもそなたもな」

一之進は台所を進む。と、下がっていた籠を手で触れた。

「ここに銭を入れていたろう。払いを入れて、釣りを出して。わたしもいつもここで払っていたからな」

一之進は懐から巾着《きんちゃく》を取り出す。

「この中の銭は下に散らばっていたものだ。盗人は押し入った際、中の銭をつかんで懐に入れた。で、こぼれた銭が散らばったに相違ない」

巾着を吉平に手渡す。

「それ、これはおっかさんに渡すがいい」

吉平は巾着を握りしめる。

「銭って……大した銭が入っていたわけじゃないのに、そんなもののために、おとっつぁんは……」

ふう、と一之進は息を吐いた。

「世の中には、百両を騙《だま》し取って平気な者もいれば、たった五百文のために人を殺す者もいる。いろいろだ」

一之進は台所を振り返った。

「で、銭のほかになくなっている物はないか、見てくれ」

吉平はゆっくりと歩きながら、見まわす。

器が減っているのに気がついて、足を止めた。が、騒ぎの際、割れる音がしたのを思い出した。

「ああ」と一之進も横に立つ。

「皿だの碗《わん》だのが割れていたから、それも家主が片付けたのだ」

吉平は唇を噛んだ。いつも洗っていた器の柄を思い出していた。

首を振って、吉平はまた踏み出す。

まな板はそのままだ。その横に低い台があり、笊《ざる》などが置かれている。と、その前であっと声を上げた。

「タレが……タレの瓶がない」

低い台に置かれていた瓶が消えている。

「瓶……ここにあったのか」

四角く空になった場所を覗き込む一之進を、吉平は振り返る。

「へえ、ここにあったんで。ずっとここに……そら、丸く跡になっているでしょう」

台には丸い跡が残っている。

「ふむ、確かに。瓶はあの夜まではあったのか」

「ありました。いつでもそこに置いてあったんです」

ふうむ、と一之進は腕を組む。

「すると、盗人はタレの瓶も持ち去ったということか。大きさはどれくらいだ」

「二升の瓶で。中は半分近くに減っていたけど」

「なれば運ぶことは難しくないな」ううむ、と一之進は天井を見上げる。

「ということは、その盗人、江戸一のことを知っていたということか……評判のタレを知っていたゆえに持ち去った……まさか、それが目当てではあるまいが」

首を振りながら、一之進は台所を出て行く。と、吉六が倒れていた土間を見下ろす。

「行き当たりばったりの押し込みかと思うていたのだが、そうなると……」

吉平もその前に立った。

「狙ってたってぇこってすか」

「ううむ、そうかもしれん。奉公人もおらず狙いやすいと思ったのか、いつも裏口に人が来るのを知って、入りやすいと考えたのか……」

「けど、なんでタレまで……」

「まあ評判を知っていれば、誰かに売ることができる、と考えても不思議ではない。盗人というのは、なんでも金に替えようとするものだ」

「そんなことまで……」

拳を握りしめる吉平を、一之進は改めて見る。

「見たことのない男だったと言ったな。どんな顔つきだったか覚えているか」

吉平は顔を大きく横に振る。

「顔は見えなくて……背中は見たけど……」

「そうか、背格好はどうだった。背が高いとか、ごついとか」

吉平はまた首を振る。

「よくわからない……けど、おとっつぁんと似たような背格好だったような……でかくもなく小さくもなく……」

瞼の裏にあのときの情景が甦《よみがえ》った。倒れた父と馬乗りになった男。そして、振り上げられた包丁……。吉平はぎゅっと目を閉じた。瞼の裏で、男の腕が振り下ろされる。

と、その目をぱっと見開いた。

「あっ……」

足を踏み出して、一之進を見上げる。

「今、思い出した、腕……右の腕に火傷《やけど》の跡があったんです」

「火傷の跡」

そう、と吉平は自分の右腕を上げて袖をまくると、肘《ひじ》の内側を指した。

「この辺りに、火傷の跡が……」包丁を振り上げた腕を思い出し、吉平の顔が歪む。

「今、話してて思い出しました」

「ほう、確かに火傷の傷か」

「へい、おとっつぁんの手にもあったから、火傷の跡はわかります。引きつれて、ちょっと光ってるから」

ふうむ、と一之進は顎《あご》を撫でる。

「それは手がかりになるな。まあ、肘の内側は目につきにくいが」

吉平は歩み寄った。

「捕まえてください、おとっつぁんをあんな目に遭《あ》わせたやつを……」

「うむ」一之進が頷く。

「捕まえずにおくものか。わたしも吉さんの味が一番の好物だったのだ。あんなに腕のいい、いや、腕だけではない、実直で情け深い男であったのに……」

一之進の大きな手が吉平の肩をつかむ。

「そなたも口惜《くや》しいであろう、その無念、晴らしてやるからな」

うん、と頷いて、吉平の喉が震えた。

その震えが大きくなり、やがてしゃくり上げて泣き声に変わった。

五

長屋の台所で、吉平は包丁を動かしていた。

その外から声が響く。

「なっと、なっと〜」

朝、やって来る納豆売りだ。刻んだ納豆と葱《ねぎ》を味噌で丸めた物を売っている。それを椀《わん》に入れて湯を注げば、納豆汁ができあがるのだ。忙しい朝に重宝され、吉平も昨日まで二玉を買い、四人で分けるのが常だった。すでに騒動から半月が経ち、差し入れも届かなくなっていた。

おみつが立ち上がり、

「あんちゃん、納豆を買うんでしょ」

吉平に寄って行く。が、吉平は首を振った。

「いや、いい、今日はあんちゃんが味噌汁をこさえる」

包丁を動かし、魚を捌《さば》いていく。

朝、ふと思いつき、日本橋《にほんばし》の魚河岸《うおがし》に行って手に入れた物だ。といっても、買ったわけではなく、雑魚《ざこ》として捨てられていたのを拾ってきたのだった。

捌いた魚を煮立った鍋に入れる。

座敷には、すでに炊《た》き上がった飯釜が置いてある。菜は蕗《ふき》の煮物だ。

味噌の入った瓶を覗き、吉平は口中でつぶやいた。まだ、十日は持つな……。

江戸一の店から、米や味噌、醤油や砂糖を持ち帰っていた。まな板は大きすぎてあきらめたが、包丁は持って来ていた。手にしているのもそのうちの一本だ。

「さあ、お汁《つけ》ができたぞ、おみつ、ご飯をよそってくれ」

味噌汁を汁椀に取りながら、吉平は振り返った。

母のおみのはゆっくりと身体を起こしていた。

味噌汁は口にするが、ご飯は少ししか口にしない。外に出ることを拒《こば》み、ずっと家の中にいる。江戸一の騒ぎはあっという間に知れ渡り、好奇の目を、吉平も向けられていた。それが耐えられないのだろう、と吉平は母にはなにも言わなかった。

味噌汁を口にしていた松吉が「うっ」と声を洩らす。

「骨ー」

と、口から魚の骨を引っ張り出した。

「ああ、悪い、残っていたか」

吉平はそれを手で受け取った。

だめだな、と胸中でつぶやく。おとっつぁんは簡単そうに捌いてたのに、こんなに難しいなんて……。

「あんちゃん」おみつが微笑《ほほえ》みを向けた。

「旨いよ、このお汁」

そうか、と笑みを返す。

母がうつむいた。すまないね、と小さくささやいた気がして、吉平は首を振った。

「今度はしじみのお汁も作ってやるからな」

しじみなら、河口に行って採ってくればいい……。そう胸の内で算段をしていた。金がもう、ほとんど残っていなかった。この先、どうすればいいのか……。

「おうい、いるかい」

外から声がかかった。差配人の徳次の声だ。

はい、という吉平の返事に、戸が開く。

母が顔を歪め、うつむいた。

吉平が膝で寄り、「すいません」と頭を下げる。長屋の店賃《たなちん》を払っていないことに気づいていたためだ。

「ああ、いや」徳次が手を振る。

「別の話だ。吉平、飯が終わったら、あたしの所へ来ておくれ」

へい、と吉平は頷いて徳次を見送り、母を振り返った。母はうつむいたままだった。


「さあ、上がんな」

徳次の手招きに、吉平は上がり込む。

吉平が物心ついたときから、徳次は差配人としてここに暮らしている。

正座をしてかしこまる吉平に、徳次も丸い背を伸ばした。

「早いものだな、もう師走《しわす》だ。吉平はよく頑張ってきたな」

首を振る吉平に、徳次は咳を払う。

「だがな、世には世の決まり事がある。今月には付けの支払いがあるのは、知っているだろう」

　江戸では買い物は付けでして、師走にまとめて払うのが習いだ。吉平は頷いて、拳を握った。

「それにな……」徳次が眉を寄せた。

「まあ、順に話そう。五年前、おまえのおとっつぁん、吉つぁんが店を開くときに、金を借りたいと相談されてな、この長屋の家主は両替商なもので、あたしが中に入って金を借りたんだ。二十両だった」

え、と吉平は目を丸くする。初めて聞く話だった。徳次は続ける。

「いや、十五両は返してくれたんだ。だが、そのあとまた借りて、少し返してまた借りて、と……結句《けっく》、今も十両残っている。それに、ここの店賃も四月分《よつきぶん》たまっているんだ、今月分も入れてだがね」

　吉平は汗ばむ手をさらに握りしめてうつむいた。

「そんなに」

「ああ……まあ、吉つぁんは、儲《もう》けるって頭がなかったからな。安くて旨い物をみんなに食わせたいってえ意気でやってたろう。あたしゃ、もう少し儲けを考えたほうがいいって言ったんだがね、値を上げたらみんなが困るって言って、変えようとしなかったんだよ」

　あ、と吉平は顔を上げる。

「だからか……」

「ん、なんだい」

「おとっつぁん、海苔巻きをはじめようとしてたんだ。すぐに食えるし持って帰れるからって。儲けを考えてたのかもしれない」

「ほう、そうだったのか。なら、もう少しすりゃ、借金も減ったかもしれないな」

　首を振る徳次に、吉平は身を乗り出す。

「借金て……どうすりゃいいんでしょう」

「ふむ、まあ、話というのはそれだ。実はな、おまえに奉公の話があるんだ。料理茶屋の鈴乃屋を知っているかい。ときどき、主が江戸一にも来ていたろう。吉つぁんを店に来ないかと誘っていたらしいな」

　頷く吉平に、徳次も頷き返す。

「その主の弥右衛門さんが、名主《なぬし》を通して話を持って来たんだ。話を聞いて、あたしは鈴乃屋を見に行ったんだが、場所は柳橋《やなぎばし》でな、そこそこの構えだ。で、主の弥右衛門さんは、おまえを住み込み奉公で雇いたいと言ってるんだ。五年の年季で三十両……まあ、おまえの歳でははじめの二、三年は大して役に立たないだろうから、いい話だ。弥右衛門さんは事情を知っていなさるから、情けを乗っけてくれたんだろうよ。それだけもらえれば、借金は返せるし、支払いもできる。残った分はおみのさんに渡せる。どうだ……話を受けてみないか」

吉平は汗ばんだ手を握る。頭の中に母や妹弟の顔が浮かんでいた。空になりそうな米櫃《こめびつ》や味噌瓶も浮かんだ。

手を開くと、吉平は大きく頷いた。

「行きます」

そうか、と徳次は面持《おもも》ちを弛《ゆる》めた。

「よかった。それじゃ、先方に伝えておこう。なに、実はおみのさんには話をしてあるんだ。吉平がいいと言うならって、納得してくれたよ」

そうだったのか、と吉平は、うつむいていた母が腑《ふ》に落ちた。

「そんなら、よけいに迷いはありません」吉平は畳に手をついた。

「話を通してください」

「ああ、わかった。じゃ、荷物をまとめておきなさい。年末年始は忙しいからな、あっちも早く人手がほしいだろう。数日うちに行けるな」

「へい」

吉平はまっすぐに徳次を見返した。

徳次は目を逸らし、息を吐く。

「まあ、おとっつぁんの借金を背負うってえのは、難儀なことだ。だが、よくあるように遊びでこさえた借金ってわけじゃない。人のために儲けを捨てたための借金だ。困ってる人らに、ただで食い物も分けていたろう。恥じることのない借金さ。それを倅《せがれ》が返すんだから、吉つぁんも極楽に行けるってもんだ」

吉平の口が開いた。

「ごく、らく……」その唇が震える。

「極楽なんて……行けるもんかっ」

拳が膝を叩く。

「あんな、あんな殺されかたして、おっかさんを残して……おれたちも残して……成仏《じょうぶつ》なんかできるもんかっ」

ぽたぽたと落ちる涙を拭《ぬぐ》おうともせずに、吉平は膝を叩く。

徳次は小さく息を呑み込んだ。と、膝ですり寄って手を伸ばした。

「ああ、すまなかった」

肩に手を置き、そっと揺らす。

「そうだな、そう簡単にあの世には行けないかもしれないな。だが、それなら、近くでずっと見守ってくれるだろう。おまえやおっかさん達を、助けてくれるはずだ。おとっつぁんはこれからもそばにいてくれるさ」

吉平は袖で顔を拭うと、頷いた。

徳次は手をずらし、吉平の肩から腕を何度も撫でる。その顔を天井に向けると、そっとつぶやいた。

「吉つぁん、頼んだよ」

吉平も、そっと上を見て、また涙を拭いた。


六日後の朝。

徳次が迎えにやって来た。

「さあ、行くよ」

荷物はすでに昨日、届けてあった。

「はい」

吉平は腰を上げる。立ち上がりながら、母と妹弟を振り返った。

おみのは吉平を見つめたが、すぐにその顔を伏せた。

おみつは泣き出しそうな口元に力を込め、堪えているのがわかった。が、隣の松吉は無邪気《むじゃき》に、兄と徳次を見て笑っている。

その徳次はにっこりと幼い妹弟に笑顔を向け、おみのに頷いた。それを吉平に向けると、さあ、と手招きをした。

「あとのことはあたしにまかせなさい。おまえは心配しなくていい」

吉平は頷くと、草履《ぞうり》を履《は》いた。

「それじゃ、行って来るよ」

向き直った吉平に、おみのが顔を上げる。

目は涙で光り、唇が震えていた。

吉平は大きな笑顔を作ると、ぐっと息を呑み込み、背を向けた。

早足で家を出て行く。

徳次も深く頷いて、戸を閉めた。

表の道に出て、二人は歩き出す。

深川から本所《ほんじょ》を抜け、両国橋《りょうごくばし》を渡ると、徳次は道の先を指で指した。

「店に行く前に上野《うえの》でお参りをして行こう。吉平は寛永寺《かんえいじ》に行ったことはあるかい」

「うん、前にみんなで桜を見に行った。けど、お店に行くのが遅くなって大丈夫なんですかい」

「ああ、朝から昼までは忙しくて、新入りの面倒を見ている暇はないから、昼飯を食ってから来てくれと言われているんだ」

店のある柳橋を横に見ながら、二人は上野へと向かった。

上野の山に、徳川家の菩提寺《ぼだいじ》である寛永寺があり、家康《いえやす》を祀《まつ》る東照宮《とうしょうぐう》などもある。寛永寺はいくつもの堂宇《どうう》を持ち、山の上には壮大な根本中堂《こんぽんちゅうどう》があった。

山の参道を登り、徳次は清水観音堂《きよみずかんのんどう》へと吉平を誘った。

京の清水寺と同じ舞台作りで、広く町々が見渡せる。眼下に水面《みなも》を揺らしているのは、不忍池《しのばずのいけ》だ。その向こうには本郷《ほんごう》の台地があり、左にもまた台地がある。

「あっこが湯島だ」徳次は左側を指す。台地の上には冬木立の杜《もり》が見える。

「湯島天神があってな、その近くに吉つぁんが働いていた料理茶屋があるんだ。千成《せんなり》という店でな、おみのさんも同じ店で女中をやっていたそうだ。聞いたことはあるか」

首を振って、吉平は徳次を見上げた。

「差配さんは行ったことがあるの」

「いやぁ」徳次は苦笑する。

「長屋の差配なんぞ、料理茶屋には縁がないさ。まあ、むかーし、若い頃にはそういう遊びもしたがな、上がったとしても安い料理茶屋さ」

徳次は目だけを動かして吉平を見る。

「男ってのは、若いときに馬鹿な遊びをするもんだ。花みてえな女にひかれて、岡場所通いですっからかんってな。今思やあ、そんな遊びをしねえで、おかめでもいいから女房をもらっときゃよかった。そうすりゃ、今頃、どんな暮らしをしてたろうかって、長屋のみんなを見てて、思ったりするよ」

徳次は身体をまわして、吉平と向き合う。

「いいか、色に迷うんじゃないぞ。色恋は男なら必ず、夢中になるときがくる。けど、それで夢見心地になるのはほんの一時だ。夢は夢、現《うつつ》は現、ときっちりと腰を据えて、見極めるこった」

吉平は曖昧《あいまい》に頷く。

ははは、と徳次は笑って吉平の顔に手を当てた。

「まだわからないだろうな。けど、おまえはべっぴんのおっかさんに似てるからな、ちぃと、心配なんだ。色男は女が放っておかないからな」

そう言って、吉平の背中を押すと、本堂へと歩き出した。

「さあ、ここの観音様にお参りをしよう。まずはおとっつぁんの冥福《めいふく》だ。それから、おまえとおっかさん達のこれからをお守りくださいってな」

手を合わせる徳次の横で、吉平も手を合わせる。

いくども口を動かして、やっと顔を上げた。

見下ろしていた徳次が微笑む。

「よし、じゃ、山を下りて飯を食いに行くぞ」

歩き出す徳次を、吉平も慌てて追った。

山の麓《ふもと》には、水茶屋や蕎麦屋《そばや》、料理茶屋などが並んでいる。

そのうちの蕎麦屋に入ると、二人は床几に並んで熱い蕎麦を手繰《たぐ》った。

つゆまで飲み干すと、徳次は丼を置いて、ふう、と息を吐いた。

すでに食べ終えていた吉平を横目で見る。

「実はな、大事《でえじ》な話があるんだ」

首をかしげる吉平から顔を逸らすと、徳次は宙を見つめた。

「おまえたちの住んでた長屋の部屋は、今頃、空っぽだ」

「空っぽ」

身を乗り出す吉平を避けるように、徳次は横を向く。

「ああ、おっかさんは松吉を連れて、八百屋《やおや》に後添《のちぞ》いに入ったんだ」

「後添いって」

床几から下りた吉平が徳次の正面にまわる。

徳次は顔をそむけたまま、一気に言葉を継いだ。

「その八百屋にはおかみさんがいたんだが、子供がないまま流行病《はやりやまい》で死んでしまったんだ。で、後添いを探していたんだが、そこにおみのさんの噂《うわさ》を聞いた。跡継ぎがほしかった八百屋は、松吉のことも聞いて渡りに船と思ったんだろう、まだ五つならすぐになつくだろうからな。それにおみのさんが器量よしってのも乗り気になったんだろう。名主さんに話を持ち込んで、あたしのところに下りて来たわけだ」

吉平は目を見開いたまま、徳次を見つめる。

「松吉もって……そいじゃ、おみつは……」

「ああ、それだ」

徳次はやっと顔を戻し、吉平と向き合った。

「おみつにもいい話が来たんだ。娘がほしいという煙草屋《たばこや》があってな、おみっちゃんはその家にもらわれて行ったんだ」

「もらわれて……」

唇を震わせる吉平の肩を、徳次は両の手でつかんだ。

「いいか、おっかさん一人で子らを育てるのは無理だ。子供三人をいっしょにもらってくれる家だってありゃしない。下手《へた》すりゃ路頭に迷うところだったんだから、これが一番いいんだ。むしろ、ありがたいと思わなけりゃあいけないよ」

吉平は唇を噛んで下を向く。伏せってばかりだった母の姿が甦ってきた。身体が弱いわけじゃない、と思う。おっかさんは気持ちが弱いんだ……。

残り少なくなっていた味噌や醤油、米櫃も思い起こされた。魚河岸で魚を拾ったときのことも甦ってきた。邪魔だ、と怒鳴られ、犬のように蹴られそうにもなった。

母の涙で濡れた目も、思い出した。そうか、と吉平はあふれ出そうになっていた言葉を呑み込む。おっかさんは、堪えたんだ……。

吉平は洩れそうになる嗚咽《おえつ》を喉で止めた。

拳を握ると、顔を上げた。

「わかった」

そうか、と徳次は大きく息を吐いた。

「おまえは賢いから、わかってくれると思っていたよ」

「けど」吉平が外の町を見まわすように顔を巡らせる。

「また会えるんだろう、その八百屋と煙草屋に行けば」

いや、と徳次は顔を歪める。

「それはできないんだ。どちらの家でも早く馴染《なじ》んでほしいと思ってのことだろう、もう会ってくれるな、と言われてるんだ。おみのさんもおんなじ考えらしくて、行った先は吉平にもおみつにも教えてくれるな、と言われてる」

吉平の目から、堪えていた涙がこぼれ落ちた。歪みそうになる顔に力を込め、引き締める。

吉平は息を呑み込むと、掠《かす》れ声で言った。

「わかった」

徳次はそっと肩をつかむ。

「道は手前《てめえ》じゃ選べないもんだ。けど、歩き出してみりゃあ、案外、いい道だったりもするもんさ」

そう言って立ち上がると、徳次は吉平の背中をさすった。

「さ、行こう」

第二章　鬼の頭《かしら》

一

鈴乃屋の台所に立った吉平の背中を、主《あるじ》の弥右衛門が押した。

「みんな、聞いとくれ。今日からここで働く吉平、十二歳だ。よろしく頼むよ」

四人の男達がいっせいに見る。

吉平は唾《つば》を飲み込んで、深々と頭を下げた。

「よろしくお頼み申します」

弥右衛門が、頭に鉢巻《はちまき》を巻いた男を目で示した。

「あれが料理人頭《りょうりにんがしら》の虎松《とらまつ》だ」

頬骨の張った虎松が、ふん、と顔を上げる。三十半ばくらいに見えるが、大きく胸を張る姿に、吉平は改めて頭を下げた。

弥右衛門は手を上げる。

「で、横にいるのがその下の料理人の竹三《たけぞう》と辰吉《たつきち》だ。で、そこにいるのが見習いの留七《とめしち》……」

主の手招きで留七が近寄ってくる。

弥右衛門は二人を交互に見た。

「留七は十四だから、おまえと一番歳が近い。今日明日で、留から仕事を教わりなさい、いいね」

にっと笑う留七に、吉平は再び頭を下げた。

「じゃ、頼んだよ」

弥右衛門はそう言うと、土間から廊下へと上がって行った。吉平はそのうしろ姿を見るが、長い廊下は奥で曲がり、主は消えて行った。

「さ、じゃ、はじめるぞ」

留七の声に、吉平はあわててそのうしろに付く。

料理人らは、すでに包丁を手にしたり、鍋の前に立っていた。

吉平は並ぶ竈《かまど》を見て、息を呑んだ。四つの竈が並び、どれも炎を揺らしている。

留七は端の竈に吉平を連れて行った。大きな釜が乗り、ぐらぐらと煮えたって湯気を上げている。

「これは湯を沸かす釜だ。これにはいつも湯をいっぱいにしておかなきゃならない。あそこにある水瓶《みずがめ》から水を汲《く》んで入れるんだ。けど、ぬるくしちゃいけないから、少しずつな。しょっちゅう釜のようすを見て、水を足すんだ」

「へい」

吉平は頷《うなず》く。

「それと竈の火だ」留七は少し下がって、四基の竈を指でさす。

「今は二つが火を小さくしてある。これから忙しくなるから、そうしたら、火を強くするんだ。火は消しちゃなんねえぞ。そら、そこに薪《まき》が積んであるだろう、それをうまく足していくんだ」

台所の隅に薪が小さな山を作っている。

「薪は外にあるから、減ったら持って来て足すんだ」

留七の言葉に、吉平は頷く。

「おい」虎松が振り返った。

「大根と牛蒡《ごぼう》を洗ってこい」

「へい」

留七が大声で返事をすると、吉平の袖《そで》を引っ張った。

「来い」

裏口から外へと出て行く。

裏の簡素な小屋の中に、薪が積まれ、野菜が並べられていた。

留七は大根を笊《ざる》に移して、「そら」と吉平に差し出した。

「洗うのはこっちだ」

下水道の近くに大きな盥《たらい》が置いてある。

「あっちの井戸から水を汲んできて、ここで洗うんだ。大根が終わったら牛蒡だ、やってみろ」

言われたとおりに、吉平は大根を洗いはじめる。吹きつける木枯《こが》らしに身体が震え、そこにさらに水の冷たさが追い打ちをかけた。江戸一でも野菜洗いは吉平の仕事だったが、量が違う。手がかじかんできて、吉平は息を吹きかけた。

横でしゃがんでじっと見ていた留七は、にっと笑った。

「洗うのうめえな。おめえ、江戸一の倅《せがれ》ってのはほんとかい」

吉平は小さく頷く。

「そうか、おれも辰吉さんに連れられて食いに行ったことあるぜ。なにを食っても旨《うま》かったな。みんなタレを飯にぶっかけてたから真似《まね》したら、それも旨かった」

吉平は初めて、留七の顔を見つめた。留七は目元を歪めると、吉平の頭をぽんと叩いた。

「えらい目に遭《あ》ったな」

吉平は思わず歪みそうになる顔をそむけた。

「おれぁよ」留七が膝を抱える。

「この下働きをずっとやってきたんだ。けどおまえが来てくれたから、明日からやっと料理人見習いになれる。なんでも聞いてくれ」

笑顔になった留七を、吉平は横目で見た。

「留七さん、料理人の修業をするんですか」

「ああ、この店に奉公に上がったのはたまたまだったんだけどな……はじめは表の小僧として上がって、下足番《げそくばん》をしてたんだ。けど、どうせ働くなら、いっぱしの料理人になりてえと思っててよ、台所にまわって修業させてほしいと頼んでみたのさ。したら、旦那《だんな》さんが許してくだすったんだ。で、そっから台所の下働きさ」

「へえ、何年下働きしたんですか」

「おれぁ、十一で奉公に上がったから、三年だな」

「三年……」

吉平は空を見る。

留七はその顔をのぞき込んだ。

「おめえだっていつか包丁を握りてえんだろう」

吉平が頷くと、留七はにっと笑った。

「やっぱりな。なに、おまえはおとっつぁんの店を手伝ってたんだろう、そんなにかからないさ。次の下働きもそのうち入るだろうしな。おっと……」

と、留七は裏口を見て立ち上がった。

「洗いをしている最中も、ときどき台所に戻ってお湯と火のようすを見るのを忘れちゃだめだ。さ、行くぞ」

はい、と吉平もあとに続く。

台所に戻ると「おらっ」と、虎松の声が飛んだ。

「湯が減ってるぞ、ぼやぼやすんな」

「へい」

留七と吉平は水瓶へと走った。

水を汲みながら、留七はそっとささやいた。

「頭は鬼って呼ばれてんだ。気ぃつけな」

片目を細めた目配せに、吉平は大きく頷いた。


数日後。

裏で葱《ねぎ》を洗っていると、背後から足音が近寄ってきた。

振り向いた吉平の目に映ったのは、同心の矢辺一之進だった。

「あ、旦那」

立ち上がった吉平の前に、一之進が立った。

「おう、いたな」

「どうして、ここに」

「いや、長屋に行ったら空き家になっていたゆえ、差配人に尋《たず》ねたのだ。したら、奉公の話を聞かされてな、やって来たというわけだ」

「あの、もしかしたら、捕まったんですか、おとっつぁんを手にかけたやつが……」

にじり寄る吉平に、一之進は眉を寄せて首を振った。

「すまぬな、まだだ……いや、探索は続けているのだぞ。しかし、あの夜は雨が降っていたであろう、出歩く者はなかったし、近くの家も皆、窓と戸を閉め切っていたそうだ。なので、不審な男を見かけた、という者はいなかった。手がかりが見つからないのだ」

申し訳なさそうな一之進の面持《おもも》ちに、吉平は首を振った。

「そうですよね、寒い夜だったし」

肩を落として吉平はしゃがみ込む。

「うむ、顔を見た者がいれば、人相書きを貼り出すこともできるのだが、見た者がいないとなると、そうした手配もできん。でな……」

一之進も隣に腰を落とした。

「吉平は心当たる者はいないか。おとっつぁんと仲が悪かった者とか、喧嘩《けんか》をしたことのある男とか……恨みを持つ者がいたのであれば、その者を調べるのだが」

「恨み……」

吉平はまた立ち上がった。

「おとっつぁんが、人から恨まれるなんて、そんなこと、あるはずない」

いきり立つ吉平の手を一之進は引っ張って、またしゃがませた。顔を向き合わせ、うんうんと頷く。

「ああ、そうだ、吉さんは恨みを買うような者ではなかった。それはわたしもよくわかっている。しかしな、人はどこでどう恨みを買うか、わからないものなのだ。逆恨《さかうら》みというのもあるし、妬《ねた》みも恨みになる。店であれば、客を取られたと恨む相手がいてもおかしくはないのだ」

諭《さと》す言葉に、吉平は口を結んだ。

一之進は声を穏やかにする。

「実はな、近辺の食い物屋は、屋台も含めてひととおり探索したのだ。なにしろ江戸一は流行《はや》っていたからな。得意客を持って行かれたと恨む店があっても不思議はない。だが、怪しい者はいなかった。むしろ、隠し味のこつを教えてもらったと、ありがたがっていた者がいたくらいだ」

吉平は頷く。

「店に食いに来て、台所を覗《のぞ》く人がいると、おとっつぁんは怒ったりせずにいろいろと教えていた」

「ふむ、そうらしいな。いやまあ、未だに狙われたのか行きずりであったのか、それもはっきりとはせんのだがな」

吉平は顔をしかめて、一之進を正面から見た。

「人を殺した科人《とがにん》って、ちゃんと捕まるんですかい」

ううむ、と一之進も顔を歪める。

「それはまちまちだ。手がかりがあれば、すぐに捕まえることもできる。が、ないとなると、探索は難しい。江戸から逃げ出してしまう者もおるしな」

「江戸から……そうしたら、もう捕まえられないってことですか」

「いやまあ、宿場町や逃げた先でまた悪いことをしでかして、捕まる者も珍しくはない。が、まんまと逃げおおせる者もいる。確かに、科人をすべて捕らえることはできていない」

一之進の低い声に、吉平は、

「そうですか」

と、顔を伏せた。

「いや、だが」一之進はその顔を覗き込んだ。

「わたしはあきらめてはおらぬぞ。探索はこの先も続ける。気にかけてさえいれば、手がかりが引っかかることもあるからな。そなたの見た火傷《やけど》の跡というのも、立派な手がかりだ」

　吉平は顔を上げた。

「捕まえてください、おとっつぁんの仇《かたき》がとりたい」

「おう」

　一之進は頷いて立ち上がる。と、その目で改めて吉平の手を見つめた。あかぎれだらけの手に眉を寄せる。

「ここはどうだ、つらくはないか」

　吉平は「平気でさ」と首を振った。

「料理の修業もさせてもらえるみたいなんで」

「そうか……おっかさんらの話も聞いたが……」

　一之進は腰をかがめると、吉平の肩を叩いた。

「なにかあれば言うのだぞ、ときどき寄るからな」

　吉平は唇を嚙みしめて頷く。

「ではな」

　一之進は黒羽織を翻《ひるがえ》して、去って行った。

　吉平は葱を洗う手に力を込めた。

二

年明けて一月。

吉平は遅い中食《ちゆうじき》を台所の隅で摂《と》っていた。湯漬けに沢庵《たくあん》とあさりの時雨煮《しぐれに》が載っている飯を、大口を開けて掻き込む。

正月も半ばも過ぎて、賑《にぎ》わっていた客足も落ち着いている。

食べ終わった飯碗《めしわん》を洗っていると、

「吉平」

と、背後から声がかかった。廊下から主の弥右衛門が手招きをしている。

へい、と走り寄ると、弥右衛門は土間からの上がり框《がまち》に腰を下ろした。顔の高さが一緒になる。

「どうだ」弥右衛門は目元を弛《ゆる》めた。

「おまえが来てからもうひと月が過ぎた、馴《な》れたか」

「へい、いろいろ教えてもらいましたんで」

「そうか、それはよかった」弥右衛門はにこりと笑う。

「ところで、おまえはおとっつぁんの手伝いをしていたろう、あたしはいつも江戸一で感心して見ていたんだ」

はあ、と吉平はためらいつつ頷く。これまで見たことのない弥右衛門の笑顔に、戸惑っていた。吉平は横目を動かして台所の人々を見る。皆、それぞれに仕事をしている。が、やはり横目でこちらを窺《うかが》っているのが察せられた。

「それなら」弥右衛門はさらに笑みを広げた。

「おとっつぁんのタレ作りも手伝ったろう。作り方を覚えているかい」

ああ、と吉平は息を呑み込んだ。そういうことか……。

「いえ」と、大きく首を振った。

「手伝うといっても、おれ、いえあたしは干し椎茸を砕くだけでした。いつも小上がりでやっていたので、あとの作り方は見てません」

ふうむ、と弥右衛門は笑みを収めた。

「そうなのかい、だが、なにを使っていたのかは知っているだろう」

吉平はまた首を振る。

「わかりません。いろんな物を使っていたようですけど、なにを使っていたのか、見てないです」

ふむ、と弥右衛門は首をかしげる。まじまじ見つめるその眼に、吉平は口中に唾がたまるのを感じた。

疑われてる……。と唾を呑みそうになる。しかし、知らないものは知らない。

「そうか」と、弥右衛門は真顔に戻した。

「まあ、なにか思い出したら、教えておくれ」

腰を浮かせた弥右衛門の背後に、廊下の奥から小さな足音が近寄ってきた。

「おとっつぁん」

駆けて来た女の子が、弥右衛門の腕にしがみつく。

「花を生けたから見てって、おっかさんが」

そう言いながら、女の子はちらりと吉平を見た。

ぺこりと頭を下げながら、吉平も顔を窺った。父親に似ているな……。と、思いつつ目を逸《そ》らす。弥右衛門は目鼻立ちが整った役者のような面立《おもだ》ちをしている。

その役者顔で「邪魔したな」と言うと、弥右衛門は娘に手を引かれ、奥へと消えて行った。

吉平はそれを見送って、竈の前に寄って行った。

火を覗き込む吉平を、横に立っていた虎松が見下ろした。

ふん、と鼻を鳴らす。

「江戸一のタレなんざ、この店では用はないんだ。煮売茶屋《にうりぢゃや》と料理茶屋じゃあ、格が違うんだからな」

そう吐き捨てると、虎松は包丁の音を立てた。

吉平は思わず、皆を見まわす。それぞれに立つ三人は、聞こえなかったように、振り向きもしない。ただ、留七だけがちらりとこちらを見た。

吉平はひと息吸い込むと、気を取り直して薪をくべた。


夜。

火を落とし、人気《ひとけ》のなくなった台所で、吉平と留七が片付けをしていた。虎松らの料理人は、仕事を終え、すでに上がっていた。

「虎松さんのことは気にすんなよ」と留七が台を拭きながら吉平を見た。

「頭は、ああいう質《たち》なんだ。負けず嫌いで、ほかの誰かが褒《ほ》められると面白くないのさ」

「えっ、そうなんですか」

「そうさ。ほんとはな、竹三さんも江戸一に行ったことあるんだぜ。旨いって感心してたんだ。虎松さんの前では言ってないけどな」

へえ、と吉平は雑巾《ぞうきん》を持った手を止めた。

留七は肩をすくめて笑う。

「ほんとは虎松さんだって行ったことがあるかもしれない。けど、言わないだろうな。旨いと思ったらなおさら、だ。それが負けず嫌いってもんさ」

口を開けて笑う留七に、吉平も面持ちを弛めた。

「けど」留七も手を止める。

「ほんとに知らないのか、タレの作り方」

吉平は頷く。

「そのうち、教えてくれると思ってた……」

そうか、と留七は顔を逸らした。

「あの」と吉平はまた手を動かしながら、留七を見た。

「今日、お嬢さんが来てましたよね」

「ああ、あれは末のおいとさんだ。今年、確か十三、ああ、おまえとおんなじだ。三人姉妹でな、おかみさんといっしょに来て、お店の花を生けていくんだよ」

「へえ、家は近いんですか」

「おう、この店の裏手、一本、道を挟んだ所さ。ま、花を生ける以外は滅多に来ないけどな」

留七はそう言うと、顔をしかめた。

「おい、お嬢さんはよしとけよ」

「いいえ、そういうんじゃ……」

「そうか、ならいいけど。旦那さんのところは男の子がいないから、いずれ娘の婿《むこ》がこの店を継ぐことになるんだ。そもそも、あの旦那さんも婿に入ったって話だ。番頭が婿になるはずだったんだけど、おかみさんは旦那さんに惚《ほ》れちまったらしい」

「へえ、旦那さん、男前だからな……」

「そういうこった。だから、お嬢さんもみんな美人なのさ。でな、一番上のお嬢さん、おきぬさんの婿には番頭さんが内々で決まっているらしい」

へえ、と吉平は目を上に向けた。何度か見かけたことがある番頭の、しっかり者らしい顔が思い出された。

「それでな」留七が首を伸ばす。

「二番目のお嬢さんのおみよさんと末のあのおいとさんは、虎松さんと竹三さんが狙ってるんだ」

「狙ってる」

「そうさ、お嬢さんを嫁にもらえば、ゆくゆくは暖簾分《のれんわ》けしてもらえるのは間違いないだろう、だからさ」

「へぇえ」

驚く吉平に、留七は笑う。

「おめえはまだ、そこまで気がまわらなかったろうけどよ」

「へえ、ちっとも。けど、そんなら辰吉さんは……」

「ああ、辰吉さんは惚れた娘がいるって話だ。幼なじみで、独り立ちをするのを待っててくれるらしいぞ」

ふうん、と目を丸くしつつ、吉平は留七を見る。

「留七さんは、いいんですか」

はは、と留七は笑う。

「おう、おれはいい。料理茶屋なんてやる気はないからな。おれは一人でできままに売り歩く煮売屋をやりたいんだ。ここで働いてわかったんだけどよ、おれは人に使われるのは嫌いだし、人を使うってのも向いてない。だから、一人であっちこっち出商《であきな》いをする煮売屋になるのさ」

「へえ」

目と口をぽかんと開く吉平の肩を、留七はぽんと叩く。

「それよか、おれのことは留でいいぜ。留七ってのは、ちっと言いにくいだろう。そもそもおれは七番目の子で、最後にしたいってんで、留七って名にされたんだ。あんまり好きじゃねえんだよ」

はあ、と吉平は頷く。

「それじゃ、留さん……」

「おう、それよそれ」留七は笑顔になる。

「さ、さっさと終わらせようぜ」

頷き合い、二人は雑巾《ぞうきん》を持つ手を大きく動かした。

店の表から、帰って行く客の声が聞こえていた。

三

竈の火を見て、吉平は薪を足した。今日は二月の節分で、朝から客が多い。火吹き竹を口にした吉平に、虎松が声を投げかけた。

「吉平、盛り付けを手伝え」

へい、と立ち上がって、辰吉と留七の立つ台へと駆け寄る。

これまで下働きばかりで、料理に手を触れたことはない。

台の上には赤い塗りの膳が数台置かれ、膳の上には皿や小鉢の器が並んでいた。

吉平は年長の二人に、ぺこりと頭を下げた。

「なにをしましょう」

「おう」留七が手に鍋を持って、顎《あご》をしゃくる。

「辰吉さんのやるとおりに、盛りつけんだ」

留七は二人のあいだに鍋を置いた。と、辰吉にささやく。

「高野豆腐《こうやどうふ》です」

「おう」と辰吉が箸《はし》で器へと移していく。

「今夜豆腐を食おうってな」

吉平は「え」と辰吉を見た。辰吉は涼しい顔で箸を動かし、その横で留七がにやにや笑っている。

留七は次に、素揚げされた慈姑《くわい》が盛られた皿を持って来る。

「慈姑ですよ」

と、またささやくと、辰吉がにやりと笑う。

「慈姑を食わいでかってな」

吉平はやっと呑み込んで、笑いそうになる。駄じゃれか……。

笑いを抑えて、吉平は辰吉のやり方を見ながら、器へと盛っていく。慈姑は精が付くと言われており、江戸の男が好んで食べる物の一つだ。さまざまな料理法で出されていた。

留七は空になった皿を下げ、次には浅い鍋を持って来た。柔らかく煮込んだ葱が入っている。

「辰吉さん、葱ですよ」

留七のささやきに、辰吉は頷く。

「値切って買った葱じゃなしってな」

留七が声を殺して笑う。が、吉平は思わず吹き出していた。

「おいっ」虎松の声が飛んだ。

「食いもんの前で口を開くんじゃねえ、唾が飛ぶだろう」

「へい」

三人は神妙に肩をすくめた。

吉平が横目で留七を見ると、目配せして頷いた。その顔は面白いだろ、と言っている。吉平は目顔で頷いた。

辰吉さんって、こういう人だったのか……。吉平は弛む顔で辰吉の横顔を見た。

そこに廊下から、足音がやって来た。

女中の高い声が響く。

「お酒頼みます」

「おう」包丁を手にしていた竹三が顔を巡らせる。

「吉平、酒を銚子《ちょうし》に移せ」

へい、と燗《かん》を付けている竈へと走った。

チロリから銚子に移していき、それを盆に並べた。揺らしてこぼさないように気をつけながら歩きはじめると、女中の声が上がった。

「吉平、転ぶんじゃないよ」

すでに女中達からも名を覚えられていた。

「お待ちどおさま」

吉平が盆を差し出すと、

「あいよ、ありがとさん」

女中は受け取って廊下を戻って行く。

「おうい、吉平」辰吉がこちらを向く。

「膳ができたぞ、運んでくれ」

へい、と吉平は走る。留七とともに、膳を板間へと運んでいく。

「おぜーん、梅の間」

と、留七が大声を上げると、「はーい」という高い声が戻ってきて、女中らがやって来た。

膳を掲げると、女中らは早足で廊下を戻って行く。

吉平はその姿をじっと見送っていた。女中の姿を見ると、上野の山で父のいた料理茶屋を教えてもらったさいの、徳次の言葉が思い出された。

〈おみのさんも同じ店で女中をやっていたそうだ〉

おっかさんも……と、吉平は胸中で思う。あんなふうに働いていたんだろうか……。が、すぐにその思いを振り払うように、顔を振った。おっかさんのことなんて、忘れろ。おれを捨てたんだ……。

そう己《おのれ》に言い聞かせると、顔を上げた。

廊下の向こうから、客らのざわめきが聞こえてくる。唄声《うたごえ》も響くし、手拍子《てびょうし》も混じる。笑い声や大声も伝わって来た。女中らも、頻繁《ひんぱん》にやって来ては、膳や盆を持って行く。

その廊下を番頭が小走りにやって来た。

「虎松さん」番頭の加助《かすけ》が板間から声を投げる。

「急なんだが、四人、富士の間にお上がりがあって……一番旨い物を出せとの仰《おお》せなんだが、大丈夫かね」

ふん、と鼻を鳴らして、虎松は振り返る。

「まかせてくんな。今日は海老をたくさん仕入れたし、ちょうど鯛《たい》も一匹残ってる」

「そら、よかった」加助はほっと肩を落とす。

「海老と鯛なら文句は出まい。では、頼みましたよ。あ、酒とすぐに出る肴《さかな》もね」

そう言うと、また早足で戻って行った。

虎松は皆を見渡した。

「竹三は鯛をおろせ、辰吉はすぐ出せる肴を盛り付けろ、留と吉平は酒だ」

「へい」

皆の声が揃い、土間に足音が立った。

吉平は大根を洗う手を止めた。

朝からずっと、洗っているが、手がさほどかじかんでいないことに気づいたためだ。

二月の節分を過ぎて、水が温《ぬる》んできたんだな……。そう思い至って、空を見上げる。うっすらと雲が広がっていた。

と、その目を戻す。店側の裏口の方から、人影がこちらに近づいてくる。

弥右衛門の末娘おいとだ。

おいとは吉平の前で立ち止まると、立ったまま、手にしていた竹筒を差し出した。筒には梅の枝が一本、入っている。

見上げた吉平を、おいとは小さな笑みを浮かべて見下ろす。

「これに水を入れて」

はあ、と吉平はそれを受け取り、傍《かたわ》らの水桶《みずおけ》から、ひしゃくで水を注ぎ入れた。

「どうぞ」

竹筒を差し戻す吉平も小さく微笑《ほほえ》んだ。

その顔においとは笑顔になり、向かいにしゃがみ込んだ。受け取った竹筒を掲げて見せる。

「これね、お帳場に飾るの」

「へえ、そうですか」

「そう、あたし、おっかさんとお店の花を生けてるの」

にこやかなおいとに、吉平も微笑んだまま頷く。

「はあ、それは……」

ねえ、と、おいとは顔をかしげて吉平を覗き込んだ。

「あんた、吉平っていうんでしょ、あたしの名前、知ってる」

「ええ、おいとさんでしょ」

「そう」

おいとは満面の笑みを見せる。

「あたし達、おんなじ歳なのよ」

「へえ、そうらしいですね」

吉平は曖昧《あいまい》に笑う。父親に聞いたのか、女中に聞いたのか……。

おいとはまた顔を斜めにして、吉平を見た。

「あたしね、一番下だから、姉さんたちにあんまりかまってもらえないの。あんたはそんなことないの」

吉平は本心からの笑いが出た。無邪気《むじゃき》なものだな……。

「台所は下にも山ほど仕事があるんで、かまうもなにも……」

そういいつつ、はっとして少し開いた戸口を見た。留七が言った言葉を思い出したからだ。

〈二番目のお嬢さんのおみよさんと末のあのおいとさんは、虎松さんと竹三さんが狙ってるんだ〉

見られたら困る、という思いが浮かぶが、戸口の向こうに人影はない。台所からこちらは見えない、というのもわかった。

吉平はほっとしながらも、うつむいて大根を洗い出した。

そのようすにおいとは立ち上がったが、「ねえ」と声を落とした。

吉平の前に小さな拳《こぶし》を突き出す。

「手、出して」

吉平は濡れた手を前垂れで拭くと、そっと差し出した。

おいとの拳が開き、中から黒いあめ玉が落ちてきた。

「あげる」

そう言うと、おいとは踵《きびす》を返し、駆け出した。

吉平はその姿を見ながら、あめ玉を口に入れた。

甘いや……。久しぶりの味わいに、口元が弛んだ。

おいとは小さく振り向くと、路地を曲がって消えて行った。

それから時折、おいとはやって来た。

竹筒の花は桃になり、桜になり、菖蒲《あやめ》へと変わっていった。やがて、紫陽花《あじさい》になり、朝顔《あさがお》になった。手から渡される甘味は、饅頭《まんじゆう》になったり、羊羹《ようかん》のひと切れだったりもした。吉平にとって、ささやかな楽しみになっていた。

四

七月十八日。

吉平は深川の町を歩く。今日は仕事はない。鈴乃屋は休みの札を掲げたからだ。

商家の奉公人には、年に二度、休みが与えられる。一月十六日から三日間と七月十六日から二日間だ。藪入《やぶい》りと呼ばれ、この日には主が新しい着物を与え、奉公人らは家に帰ったり町に遊びに出たりする。が、鈴乃屋はこの日には休みを取らせなかった。遊びに出た町の奉公人らが客として上がるからだ。町の藪入りには店を開けて皆を働かせ、代わりに藪入りが明けてから、店を休みにするのが常だった。奉公人も小遣《こづか》いを弾んでくれるため、文句は出なかった。

吉平は賑わう深川の辻を曲がった。

一月には、父の墓参りをしてから長屋に行き、差配人の徳次を訪ねて過ごした。今日も、その道筋を辿《たど》ったのだが、徳次は留守だった。

吉平は、道の途中で立ち止まった。

少し先に、かつて江戸一の看板を掲げていた店が見える。

今は別の看板が掛かっている。

毎日、掛け行灯《あんどん》を掲げ、下ろしていたときのことが、吉平の脳裏に甦《よみがえ》り、ぐっと唇を噛んだ。

「おい」と、その肩がうしろから叩かれた。

「吉平ではないか」

まわり込んできたのは同心の矢辺一之進だった。

「あ、旦那……」

見上げる吉平と向き合って、一之進は頭から爪先までを見る。

「背が伸びたな……いや、このあいだ、店の裏を覗きに行ったのだ。だが、姿がなかったのでな、わざわざ戸を開けるまでの用はないしで、帰って来たのだ」

「そうでしたか、最近は中を手伝うことも多いので」

言いつつ、吉平は察した。用はない、ということは新しい手がかりはない、ということだろう……。

「今日は休みなのか」

「へえ、藪入りとずれて休むんです、鈴乃屋は」

吉平は店に目を向けた。

「ふむ」と一之進は店を振り返る。

「あそこは新しい煮売茶屋が入ったのだ。家主《いえぬし》が店賃《たなちん》を少し安くしたらしくて、若いのがやっている」

「流行ってるんですか」

吉平の問いに、いや、と一之進は首を振った。

「江戸一に比べたら、まったくだが、まあ、並ということだな。わたしも食ってみたが、味もごく並であった。この辺りの者は、皆、江戸一を恋しがって、未だに話に上るぞ」

そうですか、と目を伏せる吉平に、一之進は手を打った。

「腹が減っているだろう、門前の屋台に行って、なにか食おう」

一之進はそう言って歩き出す。

深川には江戸で一番大きな八幡宮《はちまんぐう》である富岡《とみおか》八幡と、それに並んだ永代寺《えいたいじ》がある。参道やその周辺に店や屋台が並び、いつでも大勢の人で賑わっている。

「なにが食いたい」

笑顔を向ける一之進に、

「それじゃ、精進揚《しょうじんあ》げを……」

と吉平も笑みを返す。

よし、と一之進は見まわして、一つの屋台へと足を向けた。

油の入った鍋で、次々に串《くし》に刺された具を揚げている。

「よう」と、一之進が前に立つと、店主は、

「あ、旦那、ご苦労さまで」

と、頭を下げた。

さ、と背中を押され、吉平も屋台の前に立つ。皿に並べられた串を見て、吉平は蓮根《れんこん》の揚げ物を手に取った。小さな器で出された天つゆにつけて、口に運ぶと、口中で甘辛い味と油のうまみが広がった。

「旨い」

と、思わずつぶやく。

「遠慮はいらぬぞ、天ぷらも食え」一之進はそう言って、

「海老と穴子も揚げてくれ」

店主に注文する。野菜は精進揚げ、魚介などは天ぷらと呼ばれている。

一之進も串を取りながら、吉平に笑いかけた。

「なに、ちゃんと銭を払うのだ、気を遣うことはないぞ」

同心のなかには、店に入っても銭を払わずに出ていく者もいる。が、一之進は江戸一でも、きっちりと払いをしていた。

吉平はそれを思い出しながら、「へい、海老、お待ち」と差し出された串を受け取った。

湯気の立つ海老に天つゆをつけ、口に入れる。

「あつっ」

言いながら、吉平は笑顔になった。

「おう、熱いな」一之進も笑う。

「だが、それが旨い、天ぷらは揚げたてに限る、どんどん食え」

「へえ」

吉平は次々に手を伸ばした。

鈴乃屋でも精進揚げや天ぷらは出している。が、それが奉公人の口に入ることはない。たまに客の食べ残しがまわってくることがあるが、すっかり冷めた物だった。

一之進は口から満足の息を吐きながら、笑顔を向けた。

「旨い物を食うと、心持ちが和《なご》む。つくづく、吉さんはいい仕事をしていたということだ」

吉平は頬を膨《ふく》らませたまま頷く。笑顔がそのまま、続いていた。

ひとしきり食べ、吉平は深々と頭を下げた。

「ありがとうございました」

「なあに」一之進は踵を返すと、振り返った。

「またな」

笑みを残して、人混みに消えて行く。

吉平は永代寺と八幡様にお参りをすると、町をぶらぶらと歩き出した。

看板の字を眺めながら、ふと足が止まる。

煙草屋と八百屋の前では、思わず店の中を覗き込んでいた。

おみつは煙草屋にもらわれ、母は松吉を連れて八百屋に後添《のちぞ》いとして入っている。徳次から聞いたその話が、頭のどこかに染みついていた。

店を覗く自分に気づき、吉平はすぐに首を振って歩き出した。

来られたって迷惑なだけだろうさ……。母や妹弟の顔を思い浮かべながら、吉平はうつむき、その顔を振りながら空へと向けた。


鈴乃屋の裏口に戻り、吉平は寝起きする部屋へと向かった。

表の小僧など、下働きの者が一緒の奉公人の部屋だ。が、いつもと違って襖《ふすま》の向こうから音はしない。家に戻った小僧らは、泊まってゆっくりするのが常だ。

戸を開けた吉平は、え、と目を見開いた。奉公人の部屋には、小さな窓しかない。暗い部屋に、留七の姿があった。

「おう、戻ったのか、早《はえ》えな」

留七が顔を上げた。胡座《あぐら》の前に包みが広げられ、煎餅《せんべい》が袋からはみ出ていた。

吉平は向かいに座ると、手にしていた袋を置いた。

「あの、饅頭を買ってきたんで、どうぞ」

「おっ、そうかい、なら、おれの煎餅も食ってくれ」

互いに袋を押し出す。

「留さんも早いんですね」

吉平の言葉に、留七は苦笑を見せた。

「おれは戻る家がないからよ。町をぶらぶら歩いて、屋台をまわって、そいで湯屋《ゆうや》に行って、終《しま》いさ」

「家、ないんですか」

吉平の問いに、留七は肩をすくめた。

「おう、おれんちはおとっつぁんが早くに死んじまったから、おっかさんは後添いで嫁入りしちまったんだ。で、おれは奉公に出されたってわけさ」

「おれも」吉平は身を乗り出した。

「うちもおんなじだ、弟がおっかさんにつれられていって、妹は別の家にもらわれていって……」

「へえ、そうだったのかい」留七は身を反らす。

「おっかさんが、か……うちは弟がいたんだけど、これも早くに死んじまったんだ。おれはもう身寄りなし、さ」

吉平は頷く。

「おれも、会っちゃならないと言われてるからおんなじで。みんな、どこにいるかもわからないんだ」

「そっか」留七は煎餅を手に取った。

「おんなじだな……どうりで、おまえとは馬が合うと思った」

そう言って、煎餅とばりっと嚙む。

吉平はその顔を上目で見た。

「留さんは、おっかさんを恨んじゃいないんですか」

あん、と留七は見返す。

「そうだな……ここに放り込まれた最初は恨んだな、よくも捨てやがったなってな」

吉平は黙って頷く。

留七は煎餅を嚙み砕きながら、歪めた笑いを見せた。

「けどよ、さすがにいい歳になりゃわかってくるもんさ。おれがしかたなしに奉公に入ったみてえに、おっかさんだってやむなく後添いに入ったんだろうよ。嫁入りだって奉公と同じだからな」

「奉公……」

「そうよ」留七は新たな煎餅を嚙み砕く。

「人は食わなくちゃ生きていけねえ。食うためには奉公をしなきゃならねえ。それだけのことさ」

ほれ、と留七は煎餅を差し出す。

吉平はそれを受け取って、口へと運んだ。

留七は煎餅を飲み下すと、天井を見上げた。

「おっかさんだって、好きで後家になったわけじゃなし、好んで後添いになったわけでもねえはずだ。もしかすっと、いやいやだったかもしんねえ。そう思ったら、恨む気持ちなんぞ、なくなっちまったな」

「いやいや……」

つぶやきながら吉平も煎餅を嚙んだ。

最後の別れとなった顔を思い出す。そうか、泣いてたな……。

ばりっと音を立てて、煎餅が割れる。

留七は手を伸ばし、饅頭をつかんだ。

「もらうぜ」

白い饅頭を半分、口に入れると、留七は目を細めた。

「旨いな……おっ、そうだ、おれもおまえも戻る家がないんなら、次の藪入りはいっしょに遊びに出ようぜ、吉平は浅草《あさくさ》に行ったことはあるか」

「小さい頃に……」

「そっか、おれ、見世物小屋を覗いてみたかったんだ。どうだ、浅草まわって団子《だんご》食って、芝居小屋の看板見てってのは」

うん、と吉平は頷く。

「行く、いっしょに行こう」

「よし、決まりだ」

留七が膝を打つ。

吉平はばりばりと煎餅を嚙み砕きながらも、笑顔になっていた。

五

台所の裏の戸が開いて、秋風が流れ込んできた。

「こんにちは」

と大声を上げて、男が入って来た。百姓姿のその男は、背中に負った大きな籠《かご》を前にまわしながら、日に焼けた笑顔を見せる。

「おう、富作《とみさく》さん」

料理人らが寄って行くと、富作は籠を土間に下ろして中に手を入れた。

「茸《きのこ》を持って来やした」

取り出した茸を虎松の手が奪い取り、目の前に掲げてみる。

「うん、いいな」

その横で、竹三は籠に手を突っ込むと、茸を次々に取り出す。

「椎茸となめこ、こっちは松茸か」

くんと、匂いを嗅《か》いで、虎松に差し出した。

「おう、いい匂いだ」

「へい、昨日、採ったばかりだもんで」

富作の言葉に、虎松は棚から大きな笊を取り出した。

「全部、置いてってくれ」

へい、と富作は籠の中身を移していく。

吉平は皆のうしろから、積まれていく茸を見た。

留七はその耳にそっとささやく。

「富作さんは多摩《たま》から来ているんだ」

へえ、と吉平は首を伸ばす。

茸を移し終わった富作は、にっと笑って皆を見た。と、その目を吉平に留めた。

「ありゃ、おめえ……」一歩、踏み出して吉平に寄った。

「そうだ、江戸一の倅だろ」

え、と目を丸くする吉平に、富作は己の胸を叩く。

「覚えてねえか。おらぁ、江戸一にも茸やらなんやら納めに行ったもんだが」

吉平ははっと顔を上げた。そういえば、茸などを持って来ていた百姓がいた、と思い出す。が、いつも父が対応していたため、姿は覚えていなかった。

「ああ」と頷く吉平の頭に、富作は手を置いた。

「おとっつぁんのことは聞いたで、つれえこったな。けど、ここで奉公しているんなら、安心だぁ」

竹三は銭勘定をしながら富作を見る。

「へえ、江戸一にも行っていたのか」

「そんだ、吉六さんとはそれよりずっと前からの付き合いだったもんで」

富作は手を伸ばし、吉平の頭を揺らす。

「この坊主が店を手伝うようになったのも、ようく覚えてるで……いんや、もう坊主ではないな」

富作の笑いに、吉平も愛想笑いを返す。

虎松はふん、と鼻を鳴らすと笊を抱えて背を向けた。

竹三は銭をつかんで、富作に差し出す。

「また、頼むよ、鹿《しか》や猪《しし》が獲《と》れたら、そっちもな」

「へい」

富作は銭を受け取ると、指で数えてから巾着《きんちゃく》にしまった。

「そんなら、また」

と、笑顔を残して出て行った。

「おらっ」と虎松が振り返る。

「ぼやぼやすんな、茸をやるぞ、留は石づきをとって、きれいにしろ」

「へい」と皆が動き出す。

吉平は留七を手伝うために、横についた。

やがて、松茸の匂いが、台所に漂った。

半月後。

「こんにちは」富作が入って来た。

「今日は猪肉があるだで」

なに、と皆が寄って行く。

富作は籠の中から菰《こも》の包みを取り出した。

辰吉がすぐに笊を差し出し、それを受け取ると、台へと運んだ。

料理人らが見つめるなか、菰の包みを解いていく。吉平も皆の隙間から覗いていた。

包みが解かれると、そこには塩漬けにされた赤い肉の塊《かたまり》があった。

「おう」と虎松が手を伸ばす。指で突くと、頷いた。

「いい肉だ」

吉平は、あっと息を呑んだ。

赤い肉に、いつか見た光景が甦ってきたのだ。

江戸一の台所で、同じように菰の包みが解かれた。その中から現れたのは、目の前にあるのと同じ赤い肉だった。

そうだった、と吉平は改めて富作を見る。この人だった……。

富作は胸を張って肉を指で差す。

「若い雌《めす》の肉だもんで、柔らかいし、臭みもねえ」

うん、と竹三が匂いを嗅いで頷く。

そうだ、と吉平は思い起こす。おとっつぁんも匂いを嗅いで頷いていた……。

「それと」富作は籠に手を入れた。

「また茸もいっぺえ採れたもんで、持って来た」

取り出される茸を、辰吉が笊で受け取る。

虎松が目元を弛め、竹三に顎をしゃくる。

「今日のはいい肉だ、弾んでやんな」

へい、と竹三は算盤《そろばん》をはじき出す。

肉を見つめる吉平に、辰吉がそっとささやいた。

「江戸一では、猪肉はどうやって料理したんだ」

吉平は父の手と鍋の湯気を思い出しながら返す。

「味噌仕立てで……」

「ふうん、味噌仕立てってのは同じか、食ったことはあるか」

吉平は頷く。父が取り分けてくれた湯気の立つ椀に、息を吹きながら食べたものだ。生姜《しょうが》と葱の匂いが鼻に甦る。それとなにか、別の匂いもあった……。

「旨かった」

吉平のつぶやきに、辰吉が「そうだろうな」とつぶやき返した。

「おらっ」

虎松の声が上がる。

皆がいっせいに動き出した。


外で葱を洗っていた吉平は、水から手を出し、息を吐きかけた。

頭上では木枯らしが音を立て、水はすっかり冷たくなっていた。

手を拭いていた顔を、ふと上げる。おいとがやって来るのが見えたからだ。

「寒いねえ」

そう言って、おいとは向かいにしゃがみ込む。と、その袖に手を入れ、握った手を出した。

「あげる」

差し出されたのは、小さな張り子の犬だ。小さいなりに頭に竹籠を被っている。

「これ、今年のお正月におとっつぁんからもらったお歳玉《としだま》なの。年が明ければ、また別のをもらえるから」

ぐっと突き出された手から、吉平は勢いのまま受け取った。

町家では、正月に歳玉として子に玩具《おもちゃ》をあげるのが習いだ。

吉平は丸い顔をした犬の顔とおいとを見比べて、小さな笑いを洩らした。

同い年でも、まだ子供のままでいられるんだな……。

笑う吉平を、おいとは小首をかしげて見つめた。

「その犬、なんで竹の籠を被ってるか知ってる」

ああ、と吉平は犬をくるりとまわして、おいとに顔を向けた。

「犬の字の上に竹冠《たけかんむり》を乗せると、笑うってえ字になるからさ。縁起物ってことだろ」

おいとは背筋を伸ばした。

「吉平は字が書けるの」

「ああ、書けるさ、寺子屋に通ったからね」

「じゃ、算盤は」

「算盤だって習ったさ。おとっつぁんの手伝いもやってたんだから」

へえぇ、とおいとは目をくるくるとさせた。が、吉平は顔を横に向けた。台所で足音が立ち、こちらに近づいて来る気配がしたためだ。虎松らが吉平を呼ぶときには、ただ大声を出すだけだ。わざわざ出て来たりはしない。

誰だ、と思っている目の前で戸が動いた。

同時に、吉平は犬張り子を懐《ふところ》にしまう。

音を立てて、戸が開く。

そこに姿を現したのは主の弥右衛門だった。

「おや」娘を見て、驚きの顔になる。

「おいとじゃないか。なにをしているんだい、こんなところで」

あ、とおいとは立ち上がった。

「あの、ね、おとっつぁん。吉平は字が書けるし、算盤もできるんだって」

ふうん、と弥右衛門は二人を見比べる。

「知っているよ。吉平のおとっつぁんはいい親で、ちゃんと寺子屋に通わせていたからね。吉平はほかの子らよりも覚えが早かったってえ話を、あたしは寺子屋に出向いて聞いたんだ。それもあって、うちに来てもらったんだ」

え、と吉平は弥右衛門を見上げる。初耳だった。

弥右衛門は手を振ると。

「さ、おまえは家にお戻り」

と、娘を追いやった。

吉平はまた弥右衛門を見上げた。

「なに」弥右衛門は微笑む。

「ちょいと話があったんだ。おまえが来てからちょうど一年になるからね。どうだ、仕事は慣れたか」

「へい」

吉平はしゃがんだまま頷く。

「台所にいると、おとっつぁんのしてた仕事がよくわかるだろう。タレのこととか、なにか思い出したかい」

いいえ、と吉平が首を振ると、弥右衛門はふっと息を吐いた。

「そうか、まあ、それはもういい。おまえは洗い物もうまいし、よく役に立つと虎松も言っているからね。じゃ、このまま続けるということでかまわないね。なに、いやなら表の仕事に変えてやることもできるんだがね」

「あ、いえ、このまま台所に置いてください」

「うん、そうだと思ったよ。おまえ、ゆくゆくはおとっつぁんのようになりたいんだろう」

　吉平は黙って頷く。

「だろうね、江戸一で、おまえは一度もつまらなそうな顔してたことがなかったからね。店も料理も向いているんだろうと思ってたよ」

「はい」吉平はゆっくりと立ち上がった。

「いつか、包丁を握りたいと思ってます」

「ああ、わかった」弥右衛門は頷く。

「もう少し辛抱したら、料理の修業をさせてあげよう。それじゃ、この先も気張ることだ」

　弥右衛門は木枯らしに肩をすくめると、台所へと戻って行った。

　吉平は閉められた戸を見つめて、よし、と拳を握った。改めて思いを口にしたことで、腹の底が熱くなっていた。

夜。

寝静まった奉公人の部屋で、吉平はそっと起き上がった。

家から持って来た小さな柳行李《やなぎごおり》の蓋《ふた》を開ける。

着替えの着物をめくると、その下に晒《さらし》の包みがあった。

吉平はそっと手を当てた。

包みの中は、父が江戸一で使っていた四本の包丁だ。

ここに来てから、一度も開いたことはない。

晒の上から、そっと手で撫《な》でると、吉平は唇を噛みしめた。

いつか、この包丁を握ってみせる……。

そう口中でつぶやくと、真っ暗な天井を見上げた。

年明けて正月。

木枯らしの下、外で里芋《さといも》を洗っていた吉平は、近づく人の気配に顔を上げた。

おいとが笑顔で近づいて来る。

おや、と吉平は目を見開いた。弥右衛門に叱《しか》られ、もう来ないのではないかと思っていたためだ。が、屈託のない笑顔に、そのようすは見てとれない。

「明けましておめでとう」

おいとはそう言うと、吉平の向かいにしゃがみ、袂《たもと》から紙の包みを取り出した。

「はい、あげる」

受け取った吉平は、掌《てのひら》でそれを開いた。

松の葉や竹、梅の花などをかたどった、色鮮やかな干菓子《ひがし》が現れた。

「縁起物よ、食べて」

にこにこと微笑むおいとに頷いて、吉平は松葉を口に入れた。

噛むとじわりと甘みが広がり、やがて口中で溶けていった。

「旨い」

吉平の言葉に、おいとは満面の笑顔になる。

「あのね、お正月にね……」

初詣《はつもうで》に行ったことなどをうれしそうに話し出した。

おいとはその後も、変わらずにやって来た。

吉平は仕事に馴れ、店にも馴れた。

二年目は、一年目よりも早い流れで過ぎていった。

第三章　酸《す》いも甘いも

一

鈴乃屋に来て、三度目の正月が来た。

十五か、と吉平は自分の歳を噛みしめていた。

台所は変わらず忙しい。竈《かまど》に薪《まき》をくべていた吉平は、戸の開く音に顔を巡らせた。吹き込む風とともに、弥右衛門が入って来る。

「さ、おいで」

そう言って引き入れたのは、一人の少年だった。

「みんな、今日から台所の小僧として奉公することになった亀吉《かめきち》だ、歳は十一で台所のことはなにも知らない。よろしく面倒を見てやっておくれ」

「へい」

それぞれの口から声が上がる。虎松と竹三はすでに聞いていたらしく、吉平を見て顎《あご》をしゃくった。

「仕事を教えてやりな」

え、と吉平は立ち上がる。新しい小僧、ということは……。

目を瞠《みは》る吉平に、弥右衛門が頷《うなず》く。

「今日から、吉平は料理人見習いだ。まあ、だが何日かはこの亀吉に仕事を教えてやっとくれ」

「へい」

背筋を伸ばして、吉平は頷く。

「それじゃ、頼んだよ」

弥右衛門は出ていく。

へえ、と寄って来た留七や辰吉を、亀吉はおどおどと見上げて首を縮めた。

「お、お願《ねげ》えします」

おう、と返しつつ、留七は吉平の耳に顔を寄せた。

「よかったな」

うん、と頷いて、吉平は亀吉が手にしている襷《たすき》を手に取った。

「よし、じゃおれがいろいろ教えるからな。まずは襷の掛け方からだ……」

吉平は咳《せき》を払う。去年から、声が変わりつつあった。

その低い声に、亀吉は神妙に首をすくめた。

一日目、二日目と、吉平は亀吉に仕事を教えていった。

三日目は外の洗い場に出た。

「泥をていねいに落とすんだぞ」

牛蒡《ごぼう》を洗う亀吉の手元をじっと見た。

「ああ、だめだ」吉平は手を押さえる。

「牛蒡はいい匂いも旨味《うまみ》も皮にあるんだ。そんなに力を入れたら、皮がこそげちまう。もっと軽く、泥だけを落とすんだ」

「へい」

亀吉は白い息を吐きながら、手を動かす。

見つめていた吉平は、聞こえてきた足音に振り返った。おいとだった。が、その足を止めて、その場に立ち止まった。

立ったまま、亀吉を見ている。が、すぐに新しい小僧だと察したらしく、踵《きびす》を返して戻って行った。

ふっと、吉平は息を吐いた。

もうおいとさんとここで話すこともなくなるな……。そう思うと、胸に風が吹いたような気がした。が、その目で亀吉を見る。おいとさん、今度はこの亀吉をかわいがるかもしれないな……。

亀吉がかじかんだ手をこすり合わせる。

吉平は、その小さな手を見た。けど、子供すぎて、おいとさんの話し相手にはちっと物足りないか……。

苦笑が浮かぶが、すぐにそれも消えた。

吉平は台所のほうを振り返った。これから料理の修業がはじまると思うと、腹の底が熱くなってくる。よし、と拳《こぶし》を握ると、吉平の口元に笑みが浮かんだ。


亀吉にひととおり仕事を教えた吉平は、台所に立っていた。

「吉平、慈姑《くわい》の皮をむけ」

竹三の言葉に、吉平はへい、と包丁を握る。

丸い慈姑の皮を、面を取りながらむいていく。

隣で里芋をむいていた留七は、横目で見ると「うめえな」とつぶやいた。

うん、と目顔で頷き、吉平もつぶやく。
「おとっつぁんの手伝いでやってたから」
江戸一でも、慈姑は冬の人気料理だった。
吉平は狭い台所を思い出しながら、次々にむいていく。
竹三がふっと、やって来た。
皮のむかれた慈姑を見て、ふんと鼻を鳴らすと、そのまま戻って行った。
そのようすに、にやり、と留七は目で笑う。
「おれは何度も怒られたもんだ」
吉平は小さく肩をすくめると、すべての慈姑をむききった。
その鼻に香ばしい醤油の匂いが漂ってきた。と、同時に虎松の声が上がる。
「留と吉平、膳の盛り付けをしろ」
へい、と二人は鍋を受け取り、膳を並べる。
吉平と留七は、鍋から湯気を立てる赤い蛸《たこ》を器に取り分けていく。
くん、と鼻を動かして、「いい匂いだな」と吉平はつぶやいた。
留七も頷く。
「江戸煮なんだが、普通とは違う味なんだ。けど、なにを使っているのかわからない」

蛸の江戸煮は醤油と煎茶《せんちゃ》で煮込み、柚《ゆず》を添える料理だ。江戸一でも出していたのを、吉平は覚えていた。

「え、違う味なのか」

吉平は虎松を盗み見た。

虎松は背中を見せて、黙々と手を動かしている。竹三にも辰吉にも、なにも教えない。二人は横目で盗み見るばかりだ。

頷いた留七は首をかしげる。

「違うんだ、ぴりりとくるし、ちょいと甘い」

「食ったのか」

吉平は料理人らを窺《うかが》う。

膳の料理を奉公人に食べさせることはしないし、虎松は台所の者にも、味見させさせない。

留七は、横目でにやり、と笑って見せた。

「次、田楽を盛れ」

虎松の声に、二人はまた動く。

順に上がって来る料理を、二人は膳に盛り付けていった。

できあがった膳は、女中の手で運ばれていき、また、新しい膳が並ぶ。そうした昼時の慌ただしさが終わって、台所は少し、静かになった。

吉平と留七は、ひと息つきながらたわしで鍋を洗いはじめる。

その背中に、

「吉平」

と、声が飛んできた。聞き慣れたおいとの声に、吉平は慌てて振り向く。

板間に立つおいとが、手にした竹筒を差し出していた。

「これに水を入れてちょうだい」

台所中の目が集まった。

吉平は狼狽《うろた》えつつ、板間へと寄って行く。

椿《つばき》の枝が入った竹筒を受け取って、吉平は水瓶《みずがめ》へと向かった。

皆、身体はほかを向いているが、目はこちらを見ているのがわかった。

水を入れて竹筒を戻すと、吉平は黙って踵を返そうとした。が、その袖《そで》をおいとが引っ張った。

「あのね」屈託のない声が言う。

「おきぬ姉さんと加助の祝言《しゅうげん》が決まったの」

皆が振り向く。

吉平もゆっくりと向き直った。

「へ、へえ、そりゃ、おめでとうござんす」

「十月ですって」

「そう、ですかい、そりゃいい時期で……」

その話はすでに、弥右衛門から台所に伝えられていた。祝言の宴《うたげ》が鈴乃屋で行われるためだ。

背中に皆の刺すような目を感じながら、吉平は笑顔を作った。

「そいじゃ、忙しくなりますね……おっと、仕事をしなくちゃ」

今度はくるりと踵を返し、吉平は板間の前から離れた。

おいとが、待てとばかりに足を踏む気配が伝わってくる。が、吉平は振り向かずに離れた。やがて廊下を戻って行くおいとの足音が、耳に伝わった。

吉平は鍋の前に戻ると、再びたわしを手に取った。音を立てないように、そっと唾《つば》を呑み込む。

虎松と竹三は背を向けて、こちらを見ようとしない。

おい、と辰吉が寄って来た。

「いつの間に、おいとさんと仲良くなったんだ」

そのささやきに、吉平は首を振る。

「いや、仲良いわけでは……」

反対側から留七も身をすり寄せた。

「おいとさんはよしとけって言っただろうが」

いや、と吉平は下を向く。まさか、台所に来るなんて……。驚きと戸惑いが、胸の内に渦巻いていた。

「おいっ」竹三の声が上がった。

「平《ぺい》っ」

え、と吉平は顔を上げる。竹三はこちらを睨《にら》みつけ、手を持ち上げた。ぺいって、おれのことか……。

「なんだ、これは」

竹三の手が慈姑を投げつけた。

「角が立ってるじゃねえか」

慈姑は吉平の顔に当たって、落ちた。

吉平は落ちた慈姑を拾い上げた。面取りがほんの少し、角張っていた。吉平はそっと袂《たもと》にしまう。

「すいません」

「ちっ」虎松の舌が鳴った。

「仕事も覚えねえうちに色気づくんじゃねえ」

唇を噛む吉平に、隣から留七が目顔を送る。よけいなことは言うな、とその目は言っていた。

吉平は黙って頭を下げた。困ったな……。その思いが、重く腹の底に沈んでいった。

夜。

薄い布団に身を横たえると、隣の留七が顔を上げてささやいた。

「おい、考えたんだが、おめえ、おいとさんと夫婦《めおと》になっちまえばいいんじゃねえか。そしたらきっと、暖簾分《のれんわ》けしてもらって、店が持てるぜ」

え、と身を起こす。店……と、口中で繰り返した。

留七は仰向けになる。

「いい話だ。てめえで店を持つなんざ、難しいんだからよ」

店、と吉平はつぶやき続ける。

江戸一は店借《たなが》りだった。あのまま続けていれば、いつか自前の店は持てただろうが、いつになったことか……。父の顔を思い出しながら、吉平は天井を見上げた。

隣から寝息が聞こえてくる。

留七は口を半ば開けて、いびき混じりの寝息を立てていた。

二

二月。

「平《ぺい》っ」と虎松が振り返った。

竹三のひと言から、皆、吉平のことを平と呼ぶようになっていた。

「鯛の鱗《うろこ》を引いておけ」

頭《かしら》の言葉に、へい、と吉平は鯛を流し台に持って行った。

まな板を斜めにおいて、鱗を引いていく。鱗は飛ぶために、料理台の近くでは行わない。顔に飛ぶ鱗を腕で拭《ぬぐ》いながら、吉平は出刃包丁《でばぼうちょう》を動かした。

「できました」

鯛を持って行くと、虎松は皮に指を這わせてじろりと吉平を見た。

「このっ」虎松のげんこつが吉平の額を打った。

「鱗が残ってるじゃねえか」

突き返された鯛を持ち、「すいません」と吉平は頭を下げる。再び流し台に置きながら、指先で皮を撫《な》でる。小さな鱗が一つ、尾の近くに残っていた。が、指で引っ張るだけで取れた。

くそっ、と吉平は唇を嚙んで、小さく振り返った。が、息を吸い込むと、負けるもんか、と腹の底でつぶやく。

丹念《たんねん》に確かめてから、吉平は鯛を渡した。

ふん、と鼻を鳴らして虎松は鯛をまな板に置いた。

「虎松さん」

女の声が飛び込んで来た。

廊下をやって来たのは、女中頭のおせんだ。

「白魚《しらうお》の鍋焼き二つ、藤の間の注文なんだけど、できますかね」

おう、と虎松は振り向く。

「できるさ」

「じゃ、頼みます」

おせんは慌ただしく戻って行く。

吉平は牛蒡のささがきを作りながら、横目で虎松の手元を覗《のぞ》いた。鍋焼きの作り方を見ておきたい。

一人前の鉄鍋に、虎松は出汁《だし》を注ぎ入れた。出汁は味付けの違う物を、二つ用意し、料理によって使い分けていた。が、どう作り分けているのか、吉平らにはわからない。

火にかけた鍋に、ささがき牛蒡を入れ、斜め切りした葱《ねぎ》を入れていく。

その手元を、吉平だけでなく留七も見ていた。

煮立った出汁に、虎松は透き通った白魚を入れた。小さな白魚はすぐに白く変わっていく。そこに、溶き卵を流し入れ、鍋焼きはできあがった。

「平、膳に乗せろ」

虎松の声に、吉平は走る。

熱い鍋を注意深く膳に移し、板間へと運んで行く。

「おぜーん、藤の間です」

大声に、はあい、と女中の声が返ってくる。

吉平は膳の前で鼻を動かしていた。出汁の匂いに、もう一つ別のなにかが加わっている。なんだろう……。

が、膳はやって来た女中によって運ばれて行った。

入れ替わりに、女中が下げた膳を持ってやって来た。

「お膳、下がりました」

竈の前にいた亀吉が立ち上がる。と、同時に留七が小さく振り返り、小走りでやって来た。

板間に置かれた膳の器には蛸の江戸煮が食べ残されていた。年寄りだったのか、嚙んだものの、嚙み切れなかったらしい。

留七は吉平に目配せをすると、その蛸をつかんで口に放り込んだ。

あ、と吉平は目を見開く。

留七は目顔で頷き、

「そらよ」

と、やって来た亀吉に膳を渡した。

そうか、と吉平は留七の背を見る。食べ残しで味を見ていたのか……。

吉平は拳を握る。

包丁を握りながら、吉平は廊下の音に耳を澄ませていた。

女中の足音が鳴った。

二つの膳を重ねて運んで来る。

板間に置いた膳を吉平は素早く盗み見た。器になにか入っているのを見て、吉平は走り寄った。

上の膳の小鉢《こばち》に茄子田楽が半分、残されていた。虎松の味付けはどういうものなのか、ずっと気になっていた田楽味噌だ。

吉平はそれを口に放り込んだ。

目立たないように口を動かしながら、戻る。留七が目顔でそうだ、と笑った。

目顔で頷いて、吉平は田楽を嚙みしめた。

味噌は酒でのばしたに違いない、そこに砂糖が加えられている。さらに、と吉平は舌を動かす。この粒つぶは胡桃《くるみ》か、歯ごたえも出るし香ばしいな……それと、ほんの少ししぴりりとするのは、鷹《たか》の爪《つめ》かもしれない……。

吉平は父の味を思い出していた。父が酒と味醂《みりん》で味噌をのばしていたのは、目でも見ていた。そこに砂糖を少しと醬油を少量、加えていたのが甦《よみがえ》る。味はもっと濃い目だったな……。

田楽を呑み込み、吉平はよし、と拳を握った。もっと、いろいろ食ってみよう……。廊下の足音に耳を澄ませつつ、留七を横目で見る。

留七も横目を返し、にやりと笑った。


数日後。

洗い場で海老をむいていた吉平は、廊下に聞こえて来た足音に顔を上げた。が、はっと目を瞠って、すぐにそれを戻した。

やって来たのは女中ではなく、おいとだった。

どうする……。吉平の頭の中がまわりはじめる。

留七に〈夫婦になれ〉と言われてから、ずっと考えが右に左にと揺れ続けていた。

それまで、おいとと夫婦になる、などと考えたことはなかった。

確かに、おいとをかわいいと思ったことがある。親切もうれしかった。だが、苦労知らずの無邪気《むじゃき》さが、癇《かん》に障《さわ》ることもあった。下働きが終わって裏から離れることになったときには、寂しい気持ちが胸をよぎったものの、離れてしまうとすぐにそれも薄らいだ。むしろ、心持ちは軽くなっていった。主の娘、というのを、どこか重い荷物のように感じていたのだ、と、そのときにわかった。

「吉平」

おいとの声が上がった。

吉平は聞こえないふりをして、うつむいたままだった。背中に虎松と竹三の目を感じる。それがなおさら、顔を上げる気を失わせた。

吉平は、おいとが台所にやって来た日のことを思い出していた。

板間に立った姿を見たときには、正直、狼狽えたものだった。それまでは、裏にやって来るのは、ただ話し相手がほしくてのことだろう、と考えていたのだ。

だが、その考えが台所への来訪で消えた。好かれているのかもしれない……。けど、と吉平は横目で虎松と竹三を窺う。これ以上、風当たりが強くなってはたまらない……。

それに、と顔をしかめた。

暖簾分けのために主の娘と夫婦になろうという算段が、どうにも見苦しく思える。虎松と竹三がそのために娘を狙っていると聞いたときには、思わず鼻に皺《しわ》が寄った。それが、自分も同じになると思うと、背中がよじれるような居心地の悪さが走る。

だが、と、そこに別の思いが突き入ってきた。勝つ目は自分にある……。

どうする……。吉平は耳を澄ませる。ほかの誰も、おいとに声をかける気配はない。顔を上げるか……。

そこに、廊下から足音が鳴った。ぱたぱたとやって来た足音は、板間で止まった。

「あらあら」おせんの声だった。

「おいとさん、こんな所に来ちゃだめですよ」

皆がいっせいに、我慢を解いたように振り向いた。

おせんはおいとの肩に手をかけると、ぐいと押す。

「危ないし、みんなの邪魔になりますからね。さ、お戻りくださいな」

おいとは顔を巡らせて吉平を見た。その気配を察して、吉平はすでに顔を逸《そ》らしていた。おいとの手には梅の枝の入った竹筒があるのが見てとれた。が、それが声をかける口実なのは、わかっている。

さあ、とおせんの声が尖《とが》った。

「これから忙しくなるんで、ここにいられちゃ困ります」

その言葉に、おいとが動く気配がした。ためらいの混じった足音が、廊下を去って行くのがわかった。

吉平は、ほっと息を吐いた。

皆も何事もなかったように、仕事に戻っていた。

「ああ、虎松さん」おせんが手を振る。

「菊の間のお客さん、三人のはずが五人になるって、今、使いが来たんですけど、差し障りないですか」

「おう、二人増えたくらいなら、大丈夫だ」

振り向いた虎松に、「ああ、よかった」と笑顔になって、おせんは戻って行った。

「おい、平」虎松が顔を巡らせる。

「海老がすんだら、豆腐を潰《つぶ》せ。留は椎茸とひじきを刻め」

「へい」

二人の声が揃う。がんもどきだな、と目顔で頷き合った。

海老をむき終えた吉平は、留七と並んで手を動かした。江戸の豆腐の一丁はとても大きい。すり鉢に入れた豆腐を、吉平はすりこ木で潰していく。そこに刻んだ野菜を混ぜて、丸めて揚げればがんもどきのできあがりだ。

おや、と吉平は手を止めた。

また、おせんが来て、声を上げたのだ。今度は少女を連れていた。

「ちょいと、皆さん」

皆が手を止めて見る。

おせんは傍《かたわ》らの少女を押し出した。

「今日から女中奉公で入ったおはるです、歳は十四、よろしく頼みますよ」

おはるは胸を張って息を吸い込むと、

「よろしくお頼み申します」

そう大声で言い放ち、深々と頭を下げた。

「おう」

「あいよ」

男達の声が返る。

おせんは膳の持ち方などをおはるに教えはじめた。

留七は小さく笑う。

「豆狸《まめだぬき》みたいだな」

ああ、と吉平も笑った。

丸い顔に丸い目をしたおはるは、おせんの言葉に神妙に頷いていた。

三

三月。

春の陽気で人出が増え、台所は忙しくなっていた。

「おいっ、平、鯊《はぜ》を捌《さば》け」

虎松の声に、「へい」と吉平は包丁を握る。

竹三の風当たりは、相変わらず強い。が、おいとはさすがに叱《しか》られたのか、台所には来なくなっていた。

吉平は包丁で鯊を開く。小魚の鯊は捌くのも簡単だ。やっと、まかせられるようになった仕事だった。

捌いた鯊は、天ぷらとして揚げられていく。

「手が空いたら筍《たけのこ》をむけ」

竹三の言葉に、下ゆでしてあくを抜いた筍を洗い場に持って行った。あく抜きのために入れた糠《ぬか》を洗いながら皮をむいていく。

「お膳、下がりました」

女中の声に、吉平は振り向いた。

小鉢に高野豆腐が二つ、残されている。置かれた膳に駆け寄ると、吉平はそれを口に放り込んだ。

じわりと染み出る出汁を、口中で味わう。

吉平は虎松の料理台を見た。二つの瓶が置いてあり、それぞれに出汁が入っている。

これは、と吉平はそっと口を動かす。薄味のほうだな……。

一つは鰹節《かつおぶし》の濃い出汁だが、もう一方は薄味で、野菜の煮物などに使われる。

そちらはどうやって作っているのか、虎松は早朝に一人で作るため、わからないままだった。

吉平は、忙《せわ》しく手を動かす虎松のうしろ姿を見る。捌いた穴子の頭が、足下のごみ箱に捨てられていく。

あ、と吉平は声を上げそうになって呑み込んだ。そうだ……。

筍をむきながら、吉平は時折、虎松を窺った。

しばらくすると、ごみ箱の中身が見えてきた。

吉平は駆け寄る。

「ごみを捨ててきます」

そう言って、ごみ箱を抱えると、虎松は目顔で頷いた。

箱を抱えて、吉平は裏口を出た。

青菜を洗っていた亀吉が顔を上げる。

「あ、ごみ捨てならおいらが」

「いや、いい」

首を振って、吉平はごみ捨て場へと早足になった。

ゆっくりとごみを空けていく。

朝、虎松が使った出汁の食材があるはず……。と、吉平は少しずつ、中身を出す。どうして、もっと早くに気がつかなかったんだ……ずっとごみを捨てていたのに……。そう自分に舌打ちをした。

一番下にあったごみが現れた。大量の鰹節の出し殻《がら》が出て来る。と、その下から、四角い物が現れた。ぬめり、と手に触れる。

あ、と吉平はそれを手に取った。昆布《こんぶ》だ……。

それを顔に近づけると、くん、と匂いを嗅《か》いだ。そうか、上方《かみがた》では出汁を昆布でとると、おとっつぁんが言っていたな、薄味のほうは昆布だったのか……あと、これはなんだ……。

吉平は昆布に付いている物を指でつまむと、鼻に持って行った。

そうか飛び魚を干したやつだ……おとっつぁんも時折使ってたな……。じっと手を見ていた吉平は、はっと顔を上げた。

亀吉がじっとこちらを見ている。その顔が不思議そうに傾いた。

手にした昆布を慌てて捨て、吉平は、ごみ箱を逆さにして底を叩いた。叩きながら、吉平はごみ箱を覗き込んだ。空けたごみが山になって、積もっている。それを見る目が、はっと見開いた。吉平は顔を上げ、宙を見つめる。あっ、そうだ……。洩れそうになる声を呑み込んだ。喉元でそれを繰り返す。そうだ、あれだ……。

頭の中に、男の姿が甦ってきていた。

あの日……江戸一で父が殺された日……。

いくつもの情景が、瞼《まぶた》の奥に次々に浮かび上がる。

夕刻、店の裏で見た男は、ごみ箱を覗いていた……。

吉平はごみ箱を逆さに抱えたまま、固まった。

あの男の着物は確か濃い鼠色《ねずみいろ》だった……そして、おとっつぁんを刺した男も、同じような色の着物だった。同じ男なんじゃないのか……。

吉平は唇を噛む。

あの男も料理人だったのかもしれない……だから、ごみ箱を覗いていたのかもしれない。なんのために……タレに使う材料を知るために、か……。

「吉平さん」

その声に、はっと我に戻った。

いつの間にか、亀吉が横に立っていた。

「どうかしやしたか」

覗き込む顔に、「いや」と吉平は首を振った。

「なんでもない、ちっと疲れただけだ」

ごみ箱を抱え直すと、吉平は歩き出した。

頭の内はぐるぐるとまわり続ける。

いや、確かってえわけじゃない……けど……。

裏口の前で、吉平は大きく息を吸い、自分に言い聞かせた。

「焦《あせ》るな、じっくり考えろ」

焦りは数日の内に落ち着き、腹の底で一つの塊《かたまり》になった。

皆が引き上げた台所で、吉平は料理台を拭いていた。亀吉は洗った器を拭いている。亀吉が入ってから、片付けは二人の仕事になっていた。

すでに客は帰り、店は静かだ。

「あのう」

かけられた声に、吉平は顔を上げた。

おはるが板間に立っていた。手に盛っている大きな土瓶《どびん》は、女中部屋の物だ。

「水を汲《く》みたいんですけど」

掲げた土瓶に、吉平は手を伸ばした。

「ああ、おれが入れてやる」

受け取った土瓶を水瓶に持って行き、ひしゃくで水を入れる。

「そらよ」

板間に置くと、おはるはしゃがんで、吉平を見上げた。

「あの、ここで水をもらってもいいですか、喉が渇いてて……」

ああ、と吉平は茶碗を取ると、水瓶から水を注ぎ入れた。

「そうだな、ここで飲んでいけば、土瓶の水は減らないからな」

頷いて茶碗を受け取ると、おはるは一気に飲み干した。

おう、と吉平は茶碗を取ると、また水を注いで持って来た。

「よっぽど、喉が渇いてたんだな。好きなだけ飲んでいきな」

おそらく遠慮をしているうちに、土瓶が空になったのだろう、と吉平はおはるの動く喉を見た。

「年季は何年だ」

「五年です」

おじぎをしながら茶碗を置くおはるに、吉平は頷く。

「そうか、おれと同じだな。おれはもう、あっという間に二年が過ぎた。なあに、五年だってすぐに終わるさ」

吉平の笑顔におはるも面《おも》持ちを弛《ゆる》めた。

「そうなんだ、よかった」

吉平は丸い目を覗き込む。

「けど、えらいな、五年も」

おはるは小さく首を振る。

「えらくなんかない、おとっつぁんが怪我して仕事ができなくなったからで。おとっつぁんは大工だったんだけど、二階から落ちて足を折っちまって……」

「へえ、そりゃ大変だったな。おはるちゃんは一番上なのかい」

「そう、下に弟が二人いて、上のほうはほかの店に奉公に上がったんです。下の弟は寺子屋で一番だから、続けさせてやりたくて……」

「へえ、だから、おはるちゃんが女中奉公に来たのか。やっぱりえらいや」

「ううん、おっかさんだって着物の仕立てをして稼いでるんだから、あたしらだって、できることはしなきゃ」

へえ、と吉平は口を曲げた。気落ちして、寝込んでばかりいた母の姿が思い出された。

「じゃ、おっかさんもえらいんだな」

おはるは微笑《ほほえ》む。

「道が変わっただけだからって、おっかさんは言ってた」

「道……」

「そう、行くはずだった道が、ほかの道に変わっただけだって。そっかぁ、とあたしもわかったんだ。道が違っても進まなきゃいけないのは変わりないんだもの。

そう思ったら、奉公だって平気になったんだ」

　にっこりと笑むおはるを、吉平は「ふうん」と見つめた。

「おれはおはるちゃんよりも、一つ、歳が上なんだ」

「十五」

「ああ、けど、おはるちゃんのほうがしっかりしてるな」

「そんなことないよ……え、と……」

「あ、おれは吉平っていうんだ」

「吉平さんか、いい名だね」

「うん」

　素直に頷く自分に、吉平は照れて笑った。

「あっと……」おはるが立ち上がる。

「戻らなきゃ」

　吉平は茶碗を手にして、揺らした。

「水、いつでも飲みに来な」

「うん、ありがとさんでした」

　ぺこりと頭を下げて、踵を返す。小さな背中が、足音を立てずに去って行く。

吉平は目を細めて、それを見送った。

四

七月十八日。
二日遅れの藪入《やぶい》りが、鈴乃屋に訪れた。
皆、新しい着物を着て、弥右衛門から小遣《こづか》いを受け取ると、店の裏口から出て行く。
吉平と留七も、小遣いを入れた巾着《きんちゃく》を懐《ふところ》に収めた。
「深川だな」
留七の小声に、吉平は頷く。
昨日、明日は深川に行きたい、と留七に告げていたのだ。
裏口に行くと、おはるがそこにいた。
「お、おはるちゃん、深川に帰るのか」
吉平が声をかける。
いくどか話すうちに、おはるの家が深川にあることを聞いていた。

「うん」

と、満面の笑みでおはるがうなずく。

「じゃ、おれらと一緒に行こう」

三人は連れ立って外に出た。

明るい陽射しの下に出て、吉平は「あっ」と足を止めた。

おいとが立っていた。

吉平と隣にいるおはるを交互に見ている。

「や、こりゃ、おいとさん」留七が会釈《えしゃく》をする。

「今日はお暇をいただきまして」

おいとはつっと、踏み出した。

「三人で行くの」

いえ、と吉平は首を振る。

「おれと留さんは永代寺に遊びに、おはるちゃんは家が深川なもんで、一緒の方向なだけです」

ふうん、とおいとはおはるを横目で見つつ、吉平に手を差し出した。

「これ、あげる」

色鮮やかな布の巾着を受け取った。開いて中を覗き、吉平は入っていた干菓子をつまみ出した。

「や、こりゃ、ありがとさんです」

頭を下げると、手にしていた干菓子を、ほら、とおはるに差し出した。

ばっ、と留七が肘《ひじ》で脇腹を打つ。

おいとの顔が険《けわ》しくなった。

吉平がそれに気づくと同時に、おいとは踵を返し、駆け出した。

「ばっかだなぁ」留七が溜息を吐く。

「もらったのを、目の前でほかのもんにやる馬鹿があるか」

吉平は「あ」と言いつつも、

「けど、奉公人への褒美《ほうび》だし」

と肩をすくめた。

「奉公人じゃねえ、おめえにくれたんだ。それをほかの娘っ子になんぞ……」

留七は顔を振って、歩き出す。

「さ、行こうぜ」

吉平は干菓子を戻すと、巾着ごとおはるの手に押しつけた。

「弟とおっかさんにやりな」

おはるはとまどいつつも、それを懐にしまった。

深川の町に入ると、吉平は立ち止まって留七を見た。

「おれはちょっと寄る所があるから、昼に永代寺で落ち合おう」

「おう、いいぜ、おれぁ木場でも見に行ってくらあ」

「それじゃ、あたしはここで」おいとは自分の家のほうを指で差す。

「うち、材木町《ざいもくちょう》なんです」

そう言って、巾着をしまった懐に手を当て、吉平を見ると、小さく頭を下げた。

「そいじゃ、な」

吉平は歩き出した。

賑《にぎ》やかな深川の道を、早足で進んでいく。

いくつかの辻を曲がって、着いたのは自身番《じしんばん》だった。

暑さから大きく開け放たれた戸口を、吉平は入って行く。

「なんだい」

番をする町役人《ちょうやくにん》に、吉平は寄って行った。

「同心の矢辺様は、今日はお見えですか」

定町廻りの同心は、必ず自身番に立ち寄る。

「おう、矢辺様ならさっきおいでなすって、出て行かれたとこだ。右に行かれたから、追えばおっつくだろうよ」

どうも、と吉平は飛び出した。

右へと走り、人のあいだを縫う。と、黒羽織が目に飛び込んだ。

「矢辺様」

振り向いたその顔は、矢辺一之進だった。

「おう、吉平ではないか」

追いついて息を整える吉平を、一之進は「どうした」と覗き込む。

「あの、お話が……」

吉平の神妙な顔に、一之進は辺りを見まわして、川のほうに目を向けた。

「ふむ、ではあちらに行こう」

深川の南にある大島川《おおしまがわ》の岸辺には、船宿がいくつも建っている。が、そのあいだを抜けると、先には船着き場や河川敷がある。大川や海とつながっているこの川は、行き交う船も多い。

人気《ひとけ》のない河川敷に着くと、一之進は「さて」と立ち止まった。

「話とはなんだ」

はい、と吉平は一之進を見上げた。背が伸びたとはいえ、まだ、肩は並んでいない。

「実は……」

吉平はごみ箱を覗いていた男のことを話し出した。

ほう、と一之進の顔が険しく変わっていく。

「なるほど、捨てたごみから、味の秘密を探ることができるのか」

へい、と吉平は頷く。

「なにを使ったかがわかります。あ、けど、その男がそのためにやっていたのかどうかは、確かじゃありません。ごみ箱に手を突っ込んで、中から食えそうな物を持って行くもんもいるので」

「ふむ、だがその者、それほどみすぼらしくはなかったのであろう。着物も似ていたのだろう」

へい、と頷く。

「そうなんで。なもんで、思い出したときに、怪しいと感じて、矢辺様にお知らせしなきゃ、と……」

ううむ、と唸《うな》って、一之進は川面《かわも》に目を向けた。

「その男と江戸一に押し入った男が同じだとしたら、目的は味を盗むことであったのかもしれぬな」

「へえ、おれ、いやあたしもしばらく考えて、そう思いました」

「ふむ、だとすると……」

一之進はゆっくりと歩き出した。

「その盗人《ぬすっと》は料理人、ということか」

吉平もそのあとに付く。

「あたしもそう思ったんです」

「むむ……」一之進は振り返った。

「吉平はなにか心当たりはないか。味を知っている料理人となれば、店に来たことがあるに違いない」

吉平はしかめた顔を横に振る。

「料理人らしい客はずいぶん来てました。なかには、名乗っておとっつぁんにいろいろ聞く人もいたし、なにも言わないけど、匂いの嗅ぎ方や味わい方で料理人だな、とわかる人もいました」

そうか、と一之進は空を見上げる。

「どこかで小さい店をやっている者かもしれぬな。味を盗んで繁盛《はんじょう》させたいと考えても不思議ではない」

「へえ、てめえの店が流行《はや》っていないので、金も盗んだんでしょうか」

いや、と一之進は足を止めた。

「金を盗んだのは、探索の目をごまかそうとしてのことかもしれん。目的を別のものに見せかける、というのは悪賢い者がよく使う手だ」

なるほど、と吉平はつぶやく。

「いずれにしても」一之進は向き直った。

「手がかりにはなる。よく思い出したな」

面持ちを弛め、一之進は吉平に頷いた。

背筋を伸ばした吉平は頷き返し、空を見上げた。おとっつぁん、と胸の中で呼びかけると、強く拳を握った。

「おう、吉平、こっちだ」

永代寺の参道で、留七が手を上げた。吉平が駆け寄ると、留七は、

「腹減ったろ、旨そうな飯屋をめっけたんだ」

と、笑顔になった。

歩き出した留七に付いて行くと、小さな飯屋が戸を開けていた。

中にはすでに客がいて、それぞれに丼の飯をかき込んでいた。

「深川飯ってのを食おうぜ」

小上がりに座った留七は、貼り出された品書きを見ながら言う。

「そうか」吉平は留七を見た。

「留さんは小石川《こいしかわ》の生まれだったもんな。深川飯なんか、馴染《なじ》みがないよな」

海に面した深川は漁師が多いため、簡単にできてすぐに食べられる深川飯が常食だった。それがけっこう旨いというので、飯屋でも出すようになっていた。

「あ、そうか、おめえは昔っから食ってたのか」

「うん、けど、いいよ。おれも久しぶりだし」

二人は大声で深川飯を頼んだ。と、すぐに丼でやって来た。

冷えた飯にむき身のあさりと葱、それに細く切った油揚げがたくさん載せられ、熱い味噌汁がかけられている。

ずずっと掻き込んだ留七は、おう、と目を細めた。

「うめえな」口を動かしながら、小首をかしげた。

「けど、ちょっとしょっぱいな、味噌が濃すぎるんじゃねえか」

吉平は飲み込むと、「いや」と丼を覗き込んだ。

「味噌じゃなくて、塩が多いんだ。江戸一もこのくらいの塩っ気だった」

留七は上目になってから、「おう」と頷いた。

「そういや、そうだったな。飯にタレをぶっかけて、ちょうどいい味加減だったんだもんな」

うん、と吉平は宙を見つめた。江戸一のさまざまな味が思い起こされる。若い職人が、大口を開けて食べていたものだった。

「ああ、腹減った」

いかにも若い大声が、店に入ってきた。

股引《ももひき》に腹掛けをした二人の男が、小上がりのうしろに座る。

「深川飯、二つな、冷たいので頼むぜ」

男が奥に手を上げた。

すぐに運ばれてきた丼を、吉平は振り返った。自分達の丼からは湯気が立っているが、うしろの物には湯気がない。そうだった、と思う。夏には冷たい味噌汁をかけるのもあったな……。

「ったく、まぁだ暑いときてる」

と、男は首に掛けていた手拭いで汗を拭う。腹掛けだけの上半身は、汗で光っていた。船から荷物を上げる荷揚げ職人らしい。

二人は音を立てて、飯をかき込んでいく。

「おう、染み渡るぜ」

男がはぁっと顔を上に向ける。

「あっ」と、吉平が声を洩らした。

「なんでい」

留七が目を丸くする。

向き直った吉平は、身を乗り出した。

「わかった。塩気を多くしてるのは、ここいらの客に合わせてるからだ。ここらは身体を動かす仕事が多いから汗をかくし、腹が減る。だから、しょっぱいほうが口に合うんだ」

おっ、と留七は丸くした目をさらに見開いた。

「そっか、柳橋の料理茶屋に上がる客は商家の旦那衆《だんな》が多いもんな。それにお武家ときたら……身体は大して使わないし、あんな汗だってかきやしないな」

職人らの光った身体を見て頷く留七に、吉平も頷く。

「だろう。だから、鈴乃屋は薄味なんだ。おれら、そっちに馴《な》れちまったから、この飯をしょっぱいと思ったんだ」

「なるほどなあ」留七は膝を叩く。

「さすが、料理人の倅《せがれ》はちげえや。おれなんざ、すぐに追い越されちまうな」

「いや」吉平は照れた笑いを浮かべたが、すぐにそれを消した。

「おれなんか、未だに下拵《したごしら》えしかさせてもらえない。いつになったらまともに包丁を使わせてもらえるのか、わからないしな」

「ううん、そりゃ」留七は声を低めた。

「虎松さんや竹三さんは、たぶん、妬《ねた》みがあるんだろうぜ。それに怖いのかもしれねえな」

「怖い……」

「ああ、おめえのおとっつぁんは評判の料理人だったし、おめえだって仕事を手伝ってたんだから、おちおちしてると追い抜かれるんじゃねえかって、心配なのかもしれねえぜ」

吉平は口を曲げた。考えてみたこともなかったな……。

「ま、あれだ」留七は膝を打つ。

「おめえにはおいとさんと夫婦になるってえ道もある。店を持ちゃあ、好きにゃれるんだから、あとしばらくの辛抱さ」

吉平は苦笑する。そう言われても、ぴんとこないのはずっと変わらなかった。

留七は笑い出した。

「おれなんざ、いつ、一人前になれるかわかったもんじゃねえ。年季はあと一年で明けるけど、その先もずっと見習いだろうなあ」

吉平はそうか、とつぶやく。年季はいつかは明けるんだ……そう思いつつ、腹の中で指を折る。立てた二本の指を見つめた。

五

十月吉日。

鈴乃屋の二階から賑やかな声が洩れ聞こえてきた。おきぬと番頭の加助の祝言で、大勢の客が集まっているためだ。

台所は朝からこれまでにない忙しさだった。一の膳から四の膳までを作らなければならない。

「鯛が焼き上がったぞ」

虎松の声に、へい、と留七が走る。

「伊勢《いせ》海老も上がったぞ」

竹三の声には吉平が走った。

鯛と伊勢海老は、赤い色が魔除けと招運の縁起物とされる。鯛はめでたいにも通じ、海老は脱皮を重ねる長寿が好まれる。

「そら、鮑《あわび》を持ってこい」

「こっちは蛤《はまぐり》だ」

鮑は干した物を熨《の》すのが延命につながると、熨《の》斗鮑《しあわび》が尊ばれる。蛤は一つの二枚がぴたりと合い、ほかの貝とは絶対に合わないことから、夫婦円満の縁起物とされてきた。

膳の器には縁起物が次々と盛られていく。

膳を運んで行き、また下げて来る女中らの足音がひっきりなしに響く。台所の下働きには表の小僧までかり出されていたが、手が足りずに、苛立《いらだ》つ虎松らの怒声が飛び交っていた。

それでも順に膳は供され、最後の膳も台所を出て行った。

料理人達の手も止まり、それぞれの吐く溜息の音が聞こえてきた。

夕刻まで、店は貸し切りだ。夜に少しの客が来ることになっているが、それまではもう仕事はない。

「ちっと出て来る」

虎松が出て行くと、竹三も、

「あとは頼んだぞ」

と、続いて出て行った。二人とも、奉公人部屋ではなく、近くに家を借りて暮らしている。

「やれやれ」辰吉が腕を伸ばすと、

「そいじゃ、おれも一服してくらあ」

と、同じように出て行った。

吉平と留七は、下げられた膳から器を洗い場に運んだ。亀吉が必死に洗っている。客が帰るときの下足番《げそくばん》に、すでに表の小僧は持ち場に戻っていた。

吉平が空の皿を見て、苦笑した。

「さすがに鯛や伊勢海老は、余っても持って帰るんだな」

座敷では経木《きょうぎ》の箱に詰め、持ち帰れるようにしてあった。

「ああ、おれは未だに伊勢海老を食ったことねえよ」

留七も、洗い物を手伝いながら笑う。

廊下から、足音がやって来た。

「お膳、下がりましたぁ」

女中の声で、吉平らは板間に行く。

次々に運ばれてくる膳を二人は受け取る。と、その手を止めて、吉平は顔を上げた。もう目が覚えたおはるの手だった。が、いつもと違う。右手が赤くなっていた。

「どうした」

吉平の問いに、おはるは手を引こうとする。

「お客さんが潮汁《うしおじる》のお椀《わん》をひっくり返して……」

吉平は腕をつかんで引き寄せた。

「火傷《やけど》してるじゃないか」

吉平はおはるの腕を引いて、隅へと寄せた。

「待ってな」

桶《おけ》に水を張って持って来ると、おはるの手をその中に入れた。

「火傷は冷やすのが一番だ。あとで薬を塗ってやるから、そのままでいな」

小さく頷いて、おはるは仕事に戻る吉平を見上げた。膳はすべて下がり、器が次々に片付けられていく。

ひととおり終えると、吉平はおはるのもとへと行った。留七もやって来る。

「火傷だって」

覗き込んだ留七は、すぐに踵を返した。

棚から蛤を持って来ると、「そらよ」と吉平に手渡した。大きな蛤の貝が合わさった物だ。

吉平はおはるの前にしゃがみ込むと、その蛤を開けた。

「これは火傷の薬だ、台所じゃ火傷はしょっちゅうだからな」

吉平は微笑んで、貝に詰まった軟膏《なんこう》をおはるに見せた。

「手ぇ出してみな」

おはるが水から手を出すと、吉平は左で受け、手拭いでそっと水気を拭った。

水で少しは冷えたもののまだ赤いままだ。

「こりゃ、痛かっただろう」

吉平が眉を寄せると、おはるは小さく頷いた。

「かわいそうにな……当分はひりひりしてつらいはずだ」

吉平は軟膏を指で取ると、ゆっくりと塗っていく。

おはるの喉が鳴った。驚いて吉平が顔を上げると、おはるの顔が歪み、しゃくり上げそうになっていた。

「ああ、つらかったな、よく我慢した」

吉平が頷くと、おはるの目から涙がこぼれ出た。

吉平は手を揺らし、

「大丈夫だ、これっくらいの火傷なら跡は残らない」

そう言って微笑む。

おはるは嗚咽《おえつ》を呑み込むと、涙を袖で拭いた。

さ、と吉平は軟膏をまた塗りはじめる。

その背後で、「あっ」と留七の声が上がった。

廊下をやって来た足音が、板間で止まったのがわかった。

吉平も顔を巡らせる。

そこに立っていたのはおいとだった。

おはるの手を取った吉平を、目を見開いて見ている。

「ああ、おいとさん」声を上げたのは留七だった。

「もう、おきぬさんの祝言はすんだんですかい」

朗《ほが》らかに言って、寄って行く。

が、おいとは留七には目をくれず、おはると吉平を見つめている。その唇が、小さく震え出していた。

「や、吉平のやつ」留七が二人を振り返りながら言う。

「おはるちゃんが火傷をしちまったんで、薬を塗ってやってるんでさ。宴会のお客が、蛤の潮汁をひっくり返しちまったみたいで……」

おはるはうつむいたまま、動かない。

吉平はおいとに顔を向けると、口を開いた。

「すぐに終わりますんで。そうしたら、おいとさんの用事を……」

「そんなの……」おいとが掠《かす》れ声で言う。

「おせんにさせなさいよ、女中部屋にだって、火傷の薬くらいあるんだからっ」

え、と吉平は目を丸くする。

「もういいっ」

そうひと言、吐き捨てると、板間を蹴るようにして、おいとは背を向けた。そのまま足音を立てて、廊下を駆けて行く。

あーぁ、と留七は肩をすくめた。

吉平は戸惑いつつ首をかしげる。

「用事は……」

おはるは手を引くと、おいとが去って行った廊下を見た。

「お嬢さん、きれいな晴れ着を、吉平さんに見せたかったんだと思う」

え、と吉平は立ち上がった。

なるほど、と留七が歩み寄って、吉平の顔を見た。

「娘心ってやつだな……けど、間が悪かったな」

おはるは手をついて頭を下げる。

「ごめんなさい」

そう言うと飛び上がるように立って、廊下を走り出した。

去って行くうしろ姿を追うように、吉平は一歩、踏み出したが、それをとどめた。呆然《ぼうぜん》とした面持ちの吉平を見て、留七は顔をしかめる。

「奉公人同士の色恋はだめだぞ。知ってるだろう」

「や、そんなんじゃ……」

吉平は苦笑して、顔を横に振った。そんなんじゃない、と喉の奥でもう一度つぶやいていた。


数日後。

朝、台所に出た吉平と留七は、板間で立ちすくんだ。

虎松の姿がそこにあった。

出汁を引く朝は早くに来ているが、そこで見るのは背中だ。が、今日の虎松は、土間で仁王《におうだ》立ちになっていた。

その目がぎろりと吉平を睨みつける。

「平、ここに来い」

吉平は唾を呑み込んだ。その音を殺しながら、土間へと下りて行く。

間合いが詰まったそのとき、虎松の拳が宙に上がった。

音を立てて、吉平の顔を殴りつける。

飛んで、吉平は土間に転がった。

その吉平に歩み寄り、虎松が見下ろした。

「奉公人同士の色恋は許されねえ。おめえ、おはるにちょっかいを出されていい気になってるようだな」

土間に肘をついたまま、吉平は頭の中を巡らせる。

おはるがちょっかい……どっからそんな話が……。口から流れる血をそっと袖で拭く。あっ、そうか、と吉平は口中の血を飲み込んだ。おいとさんか……おいとさんが、そう旦那さんに言いつけたんだろう……。

ゆっくりと身を起こしながら、

「そんなんじゃありません」

吉平は大きく首を振った。

振りながら、嘘だ、と吉平は腹の底で思っていた。留七に言われてから考えて、気がついたことだった。おれはおはるちゃんが好きだ……。

吉平は顔を上げる。だが、人に知られてはいけない……。

「色恋なんかじゃありません」吉平は立ち上がって虎松と向き合った。

「おはるちゃんを見ていると、生き別れた妹を思い出すんで、ちょっと親切にしただけです」

「妹だぁ」

「へえ、よその家にもらわれていってそれっきりで……」吉平は頭を下げる。

「もう、勘違いされるようなことはしません」

ふん、と虎松は鼻を鳴らすと、背を向けた。

「気をつけるこったな」

へい、と再び頭を下げる。

その目で土間を見つめながら、おはるとおいとの顔を思い浮かべていた。

おはるちゃんがちょっかい出しているだんて、なんてことを……。

眉が寄ってくる。旦那さんに言ったのなら、おせんさんにも伝わっているだろうな。おはるちゃんは難儀をしていないだろうか……。

吉平は虎松に背を向け、もう一度、口元を拭った。

よし、これからは腹を入れ替えるぞ……。息を吸い込むと、血のついた手を強く握った。

六

まだ夜が明けきらない薄暗い台所に、吉平は立った。

人影はなく、しんと静まりかえっている。

吉平は竈の一つに薪をくべ、火をつけた。赤い炎が上がると、今度は鍋を磨きはじめる。

鍋磨きは毎日、仕事終わりにはしていることだが、それでも煤《すす》や黒ずみは取り切れていない。それを、力を込めてこすり落とす。鍋肌が輝きを取り戻していった。

やがて、虎松が裏口から入って来た。誰もいないはずの台所に吉平の姿を見つけてぎょっとする。

吉平は「おはようございます」と、大声を放った。昨日、旦那衆の大宴会で出汁を使い切ったため、今日は朝早くに来る、と踏んでいたとおりだった。

おう、と口を曲げつつ、虎松は竈の火をみる。と、襷を掛けて台の前に立った。

吉平は横目で、虎松の作業を盗み見た。

虎松はその目から隠すように、棚から取り出した四角い昆布を三枚、鍋に入れて、水を張った。さらにもう一つの鍋にも水を張り、火に掛け、酒を加えた。

やがて煮立った湯に鰹節を入れる。

あんなに入れるのか……。吉平は横目で見つめる。

虎松はほんの少しの間で鰹節を引き上げると、今度は鯖節《さばぶし》を少量、湯に入れた。

ちらりと、吉平を見て目が合うと、ちっと舌打ちをした。

吉平はさりげなく背を向け、鍋を棚に戻す。

背を向けたまま、小さく振り返った。

鯖節を引き上げた鍋を下ろし、そこに昆布を入れた鍋をかける。

吉平は、身体を斜めにして盗み見た。父は昆布だしを使わなかったため、作り方はわからない。

虎松はじっと鍋を覗き込んでいる。吉平からは見えないが、湯気や音で湯の加減が窺えた。まだ湯は沸いていない。

吉平は動きながら、目だけを向ける。と、虎松は昆布を取り出した。

え、と吉平は思わず足を止めた。

鍋からはほんの少し、湯気が立っているだけで、沸く音はしていない。

こんなに早く、上げるのか……。吉平は、素早く顔を逸らす。虎松が振り返る気配を見せたからだ。

虎松は背を向けた吉平を睨みつつ、手を動かしていた。背を向けたままの吉平は、干した飛び魚を入れるのを匂いで嗅ぎ取った。

やっぱり飛び魚か、と吉平は心の中で頷く。わかったぞ……。

吉平は次の鍋を磨きはじめた。

この調子でいけば、修業ははかどる……この先は料理一本だ……。そう自分に言い聞かせつつ、手に力を込めた。

年が明け、春が来て夏へと変わっていった。

おいとは時折、廊下の向こうから台所を覗くのがわかった。が、気がつかないふりをして、振り向かずに通した。

膳を上げ下げするおはるとは顔を合わせるが、吉平は目を合わせずにすぐに顔を逸らした。

虎松と竹三は変わらずに厳しかったが、それ以上になることはなかった。

そうして、二年が過ぎた。

奉公に上がって五年が過ぎ、また冬がやって来た。

弥右衛門に呼ばれた吉平は、奥の部屋で向かい合っていた。

「これを」弥右衛門は小さな巾着を前に置いた。

「中を見てごらん」

手に取った吉平は、そっと紐《ひも》を解いて中を見た。金色が見える。

顔を上げた吉平に、弥右衛門は頷き、

「出してごらん」

と、手で指図する。

掌《てのひら》に開けた金を、吉平は見開いた目で見つめた。二分金《にぶきん》（一両の半分）と一分金の粒が重なった。

わけがわからずに見返す吉平に、弥右衛門は微笑んだ。

「四両と二分ある。これはおまえの金だ。年季のはじめに払ったもんだが、おまえのおっかさんが余った分を戻してきたんだ。そら差配人の、徳次さんと言ったか、あのお人がおっかさんから預かって、それをまたあたしに預けたというわけだ」

「おっかさんが……」

「ああ、これは吉平に渡してやってほしいと言ったそうだよ。あと十日で年季が明けるから、おまえに渡すことにした。いいね、ちゃんと渡したよ」

吉平は手を握りしめた。おっかさん、と喉の奥が揺れた。

弥右衛門は目を細めて頷く。

「年が明ければ、おまえももう十八だ。この金は、好きに使うがいい。ああ、ただし、つまらないことに使うんじゃないよ。おまえもずいぶん頑張ってきたが、まだ一人前じゃない、この先も修業は続くんだからね」

吉平は改めて背筋を伸ばした。

「あの、そのことなんですが」すうっと、息を吸い込む。

「年季が明けたら、おれ、いえ、あたしはお暇をいただきたいんで」

え、と弥右衛門の微笑みが消えた。

「暇って……ここをやめるっていうのかい」

黙って頷く吉平に、弥右衛門は腰を浮かせた。

「なんだって、また……いや、あたしはおまえとおいとを一緒にして、暖簾分けをしてもいいと思ってたんだよ、おまえが頑張ってきたのは知っているからね……」

吉平は顔を伏せた。もしかしたら、と思ってきたことだった。おいとさんがおれをあきらめていないとしたら、おはるのことでむきになったとしたら、父親に望みを言っても不思議はない……。

弥右衛門は腰を浮かせたまま、膝で寄って来る。

「おまえはこの先、いい料理人になるだろう……大きな店は持たせられないが、そこそこの構えなら、あたしにも無理というわけじゃない。おいとと二人、暮らせる家だって、買ってやるつもりだよ」

吉平はそっと唾を飲み込むと、顔を上げた。

「すみません、ありがたい話ってえのはわかってるんですが」

その毅然《きぜん》とした面持ちに、弥右衛門は浮かせていた腰を落とした。

「なんと……あ、まさか、その金を見て気が変わったってんじゃないだろうね。いや、五両足らずじゃ店なぞ持てはしないよ」

吉平は金を握った手を上げて、首を振る。

「いえ、このせいじゃありません。もとから考えてたんです。だから、旦那さんからいただいた小遣いも、こつこつと貯《た》めてきました。いつか店を開いて江戸一の看板を掛けたいんです。おとっつぁんの味をちゃんと作り直して……」

「ああ、そういうことかい」弥右衛門は身を低くして顔を覗き込む。

「なら、店の名は好きにすればいい、暖簾分けといっても、あたしは名にこだわっちゃいないいんだから」

吉平はうつむいて首を振る。

弥右衛門はその顔をじっと見る。

しばしののち、はあ、と息を吐いて、弥右衛門は身体を伸ばした。

「おいとと夫婦になるつもりはない、ということかい」

吉平は顔を上げずにいた。

ふう、と弥右衛門の息が洩れる。

「そうか……そういうことならしかたがない……ああ、けど、おいとになんと言ったものか……」

弥右衛門は腕を組んで天井を見上げる。

「すいません」

頭を下げる吉平に、弥右衛門は顔を戻して、また息を吐いた。

「まあ、思うようにならないのが人の世だ。あたしはわかっているがね……」

弥右衛門は顔を引き締めた。

「だが、いきなり十日後にやめると言われても、こちらは困る。亀吉を見習いに引き上げるとしても、下働きがいなくなっちまうからね。おまけに年末から年始にかけては、ただでさえ忙しいんだ……こうとなれば、一月の藪入り過ぎまではいてもらいますよ、いいね」

「へい」

「なら、年季のあとはお礼奉公ということで給金はなし、それもいいね」

「へい」

神妙に頷く吉平に、弥右衛門は「よし」と立ち上がった。

「そうとなれば忙しい。虎松にも言わなけりゃならないし、新しく人も入れなけりゃならない。あぁ、まったくもう……」

弥右衛門は振り返らずに、出て行った。

吉平はその背中に深々と頭を下げた。


夜、奉公人の部屋で、吉平は留七と向き合った。年季が明けたら店をやめるつもりだ、ということはすでに前に伝えていたが、今日の話を知らせておきたかった。

「実は……」

と弥右衛門とのやりとりを話す。聞き終えた留七は、ぽんと膝を打った。

「そういうことか……いや、虎松さん、旦那さんに呼ばれて戻ると機嫌がよくなったし、そのあと、頭に耳打ちされた竹三さんまで目が笑ってた……いやぁ、これで腑《ふ》に落ちたぜ」

吉平は苦笑する。弥右衛門の呼び出しのあと、虎松と竹三の態度がこれまでと急に変わって、鬼のような厳しさが消えたからだ。

「そっかあ」留七は笑いを噛み殺す。

「おいとさんは吉平に取られたと思って腹ぁ立ててたのが、自分らに運がまわってきたってことだからな。そらぁ、機嫌もよくならあ、そうかぁ」

吉平は苦笑のまま、ささやき声になる。

「それとな、留さんに頼みがあるんだ」

「あ、なんだ」

「おれがいなくなったあと、おはるちゃんを気にかけてやってほしいんだ。もしかしたら、おいとさんに意地悪をされてるんじゃないかって、ずっと気になっててたんだ。まあ、おれがいなくなれば、いっそ大丈夫かと思うんだけど……」

「なんだ、おまえ、いまでもおはるちゃんが好きなのか。あの頃はいかにもだったけどよ」

　うん、と吉平は頷く。

「だから、ばれないようにしてきたんだ。色恋は許さねえって、おはるちゃんまで罰を受けたら大変だからな」

「なるほどな。けど、おはるちゃんのほうはどうなんだ」

「わからない」吉平は首を振る。

「あの頃は、嫌われちゃいなかったと思う。けど、そのあとは目も合わさないようにしてたから、愛想を尽かされたかもしれない」

「ふうん、まあ、どうだかな。娘の心持ちはわからねえし」

「ああ、だから、ここを出て行くときには文《ふみ》を書こうと思ってる。それを留さんから渡してほしいんだ」

「おう、そりゃいいけどよ……けど、おまえ、ここを出て行くって、そのあとどうするんだ」

「とりあえず、前に住んでた長屋に行くつもりだ。差配さんがいい人だから、いろいろ相談してみる」

「なんだ、出たとこ勝負か、度胸あるな」

うん、と吉平は困り顔で笑う。

「けど、ここにいるわけにはいかないからな。おいとさんのことは、いずれはっきりしなきゃいけないと思ってたし……」

そっか、と留七は腕を組んだ。

「ま、よく腹を決めたもんだ。住む所が決まったら、ちゃんと教えてくれよ」

「ああ、七月の休みに、また永代寺で会うってのはどうだい。そうだな、昼の九つ（正午）とかに」

「おっ、いいな。それなら間違いはねえや。なんだ、そこまで考えてたのか」

留七はやっと笑った。

吉平も笑顔になって、胸の前で手を合わせた。

「いろんなこと、留さんのおかげだ。ほんとに、ありがてえと思ってる」

「なんでい」吉平の肩をぱんと叩《はた》いた。

「おれっちは終わりにしねえぞ、ずっとつきあうんだからな」

うん、と吉平は目を細めて留七を見返した。

一月十九日。

持って来た柳行李《やなぎごおり》と煎餅《せんべい》布団を風呂敷に包んで、吉平は背に負った。

店の者らは休みをもらって、皆、さっさと出かけていた。静かな裏口に、吉平とうしろから荷物を支えた留七が立った。

「なにか困ったこととかがあったら、来いよ。こっそり夜にでも来れば、見つからねえだろう」

うん、と吉平は頷く。

土間から出て、吉平は鈴乃屋の屋根を見上げた。五年の月日が瞼の奥を流れていく。

留七に目を向けると、

「そいじゃ」

と、頷いた。おう、と留七も目顔で頷き返し、

「七月にな」

と、笑った。

吉平は息を吸い込むと、表に向かって歩き出した。

第四章　仇《かたき》の正体

一

福助長屋、徳次の部屋で、吉平は息を継ぎながら長い話を終えた。

ふうん、と聞き終えた徳次は顎《あご》を撫《な》でる。

「そうか、話はわかった。いや、年季が明けたあともしばらくはいるんだろうと思っていたが、そういう事情じゃしょうがない。主《あるじ》のお嬢さんと夫婦《めおと》になるなんざ、願ってもない話だと普通は思うが、惚《ほ》れた娘がほかにいるならな……人は気の進まないことをしても、長くは続かないもんだ」

「すいません」と、吉平は頭を下げる。

「いい店に口を利いてもらったのはありがたく思ってます。あ、それと、おっかさんからのお金を、旦那《だんな》さんに預けてくださったそうで、それもありがとうございました」

「いや、あれはおっかさんの使いをしただけのことさ。お暇をもらったんなら、あの金が役に立つというものだ」

「はい、本当はおとっつぁんの形見の包丁を売ろうかと思ってたんですけど、手放さないですみます」

「うん、そいつはなによりだ。で、おまえさん、これからどうするつもりだい」

あのう、と吉平は長屋に顔を巡らせる。

「空いてるとこはないですか」

ううん、と徳次は首を捻《ひね》った。

「今は空きはないんだ。だが、確か、金《きん》さんの所に空きがあったはず……」

徳次は立ち上がると、下ろしていた荷物を指で差した。

「そいつを負いな、今から行ってみよう」

へい、と吉平は荷を負って、外に出た徳次に続いた。

表に出て辻を曲がり、黒江町《くろえちょう》に至るとまた裏道に入った。しばらく歩くと、長屋の木戸があった。

「そら、ここだ、権兵衛《ごんべえ》長屋といってな、家主《いえぬし》の権兵衛さんはちいとケチだが、差配人の金造《きんぞう》さんはいい人だ」

木戸を入って行くと、すぐ手前の戸に徳次は手を掛けた。

「金さん、いるかい」

おう、という返事に、徳次は上がり込んでいく。吉平も荷物を下ろすと、徳次の横に並んだ。

「ちょいと相談なんだ。この若《わ》えのなんだが……」

吉平を目で示して話をする徳次に、金造はほうほうと、相槌《あいづち》を打つ。

「そうかい」と吉平の顔を見た。

「吉六さんの倅《せがれ》かい。あたしも江戸一ではよく飯を食ったもんだ、旨《うま》かったなぁ……よし、いいよ、来な」

金造は立ち上がると、外へと先に出た。

「こっちだ」

二人もそれに付いていく。

一軒の戸を開けると、金造は振り返ってにこりと笑った。

「ここが先月、空いたんだ。すぐに入れるよ」

狭い二間だが、戸口の土間の隅は小さな台所になっている。竈《かまど》とまな板のおけ

る台、それに流し台もある。長屋によっては台所は土間でなく、板間に付いていい
るだけの簡素なものも少なくない。

「ああ、こいつはいい」吉平はしゃがんで竈を覗《のぞ》き込むと、二人を見上げた。

「食い物の出商《であきな》いをやろうと思ってたんです。これなら不便はありませんや」

「ほう、そうか。なら、今日から入りな」

金造の言葉に、徳次が笑顔になる。

「こりゃよかった。まあ、あとはおいおい揃えていけばいい」

がらんとした板間を見まわしていた吉平が頷《うなず》く。

そうだ、と金造が頷いた。

「うちに余ってる筵《むしろ》があっからあげよう、まあ、そのうちに誰かが古畳を譲って
くれるだろうよ」

長屋の畳は借りた店子《たなこ》が入れることになっている。

「筵で充分です」

吉平は晴れ晴れとした面持《おもも》ちで、二人に礼をした。

「そいじゃ、金さん、頼んだよ」

徳次はほっとした面持ちで帰って行く。

金造は外に出ると、手招きをした。

出て行った吉平を右隣の戸口に誘う。

「もし、狩谷《かりや》様、おいでかね」

「おる」

その返事を聞きながら、金造は戸を開けた。

「今日から隣に入ることになった吉平という者でして、お見知りおきを」

吉平の背を押す。

「そら、ご挨拶《あいさつ》をしな。こちらの御浪人は狩谷新左衛門《しんざえもん》とおっしゃるんだ」

吉平は進み出ると、礼をした。

「よろしくお頼み申します」

「うむ」

一畳だけの畳の上で、総髪の浪人が目だけを動かした。手には筆の毛を持っている。

筆作りをしているのだな、と吉平は畳に並んだ作りかけの筆を見た。

「さて、じゃ、反対だ」

金造に連れられて、左隣に行く。

「おうい、次郎吉《じろきち》さん、いるかい」

返事はない。

「商いに出てるのか。ま、そのうちに会うだろう」

金造は踵《きびす》を返すと、吉平を振り返った。

「さ、荷物と筵を運びな。そうだ、家移りで置いて行かれた火鉢《ひばち》もあるから、それも持って行きな」

へい、と吉平は横に並んだ。


おらっ、と怒鳴る声で吉平は目が覚めた。

慌てて身を起こし、吉平は腰を上げようとする。が、目に入った光景に、すぐにそれを戻した。目の先にあるのは、長屋の戸口だ。

そうだった、と部屋の中を見まわして笑いを吹き出す。もう、店じゃないんだ……。窓の外は明るくなりかけていた。

吉平は裏庭に面した窓へと寄って行った。

男の大声が響いている。それを虎松の怒鳴り声と聞き間違えたらしい。窓の障子をそっと開けて、吉平は庭を覗いた。

「えいっ、やっ、とうっ」

声の主は隣の新左衛門だった。木刀を振っている。

その気合いにつられて、吉平も大きく息を吸い込んだ。

「よし」

声を出して、立ち上がると、積んだ荷物を見た。昨日、古道具屋で買い揃えた、釜や鍋、笊《ざる》や籠《かご》などが重なっている。それらの紐《ひも》を解き、吉平は台所の棚へと並べはじめた。

おっと、火を起こさなきゃ、と口に出しながら、竈に薪《まき》をくべ、火鉢の火を移す。

釜を火にかけると、米を炊《た》き出した。

買い揃えた食材も並べ、吉平は腕を組んだ。ようし……。

炊き上がったご飯を寿司桶《すしおけ》に移し、作っておいた寿司酢を混ぜていく。

熱が冷めたら、巻き簀《す》の上に海苔《のり》を置き、寿司飯を広げていく。

これと、あとはこれだ……。寿司飯の上に具を載せ、吉平は巻き上げた。

巻きながら、ちっと舌打ちが出る。ご飯が多すぎて、海苔が重ならない。次を巻いて、溜息が洩れた。海苔が破れてご飯がはみ出した。

何本も巻いて、やっとまともな三本ができた。

破れたほうを包丁で切ると、どうだ、と一切れを口に運んだ。

江戸一で父の作った海苔巻きを思い出していた。それが父の作った最後の料理になったことで、吉平の中では海苔巻きが重く残っていた。

口を動かしながら、吉平は首をかしげる。

ううん、と唸《うな》りながらも、長い海苔巻きを切っていった。

それを蓋《ふた》付きの竹籠に入れると、吉平は外へと出た。

「差配さん、吉平です」

そう呼びかけると、すぐに中から声が戻った。

「おう、入《へえ》んな」

戸を引いて入って行くと、金造は火鉢を抱え込んでにっと笑った。

「なんだい。まあ、上がんな」

へえ、と上がると、吉平は竹籠の蓋を取った。

「海苔巻きを作ったんです。食べてみてください」

ふうん、と金造は手を伸ばした。

「どれ、ちいと早いが中食《ちゆうじき》だ。ん、中の具はかんぴょうじゃないのかい」

つまんだ海苔巻きを半分囓《かじ》る。と、ふうん、と小首をかしげた。

「どうですか」

身を乗り出す吉平に、ううん、と金造は残りを口に入れた。

「そうだな、飯がちぃと酸っぱいな。この具は鰹節かい、変わった物を入れたな」

「へい、おとっつぁんがかんぴょうじゃないのをやりたがってたんで、あたしが継いでみようと思って」

「ふうん、まあ、あたしは歯にガタが来てるから、こっちのほうが食いやすい……けど、具がちぃとしょっぱいかな」

「そうですか……なら、こっちも食べてみてください、中の具が違うんです」

吉平が指さすほうを、金造はつまみ上げた。

口を動かして、また小首をかしげる。

「こらぁ、あさりかい」

「へえ、あさりの時雨煮《しぐれに》です」

「ううん、なんてえか、いや、まずくはねえんだよ、ねえんだが、飯とあさりの歯ごたえが合わねえってか、味もしっくりこねえってか……」

「そうですか」

吉平が肩を落とすと、金造は「いや」と手を上げた。

「悪かない、こりゃ、初めて作ったんだろう。なら上出来だ」

はあ、とうなだれた顔を上げて、吉平は立ち上がった。

外に出ると、井戸端《いどばた》で女と子供らの声が上がっていた。

そうだ、と吉平はしくじった海苔巻きも全部、皿に載せて持ち出した。

「あのう」と近寄って行くと、おかみさんらがいっせいに見て声を上げた。

「ああ、昨日、家移りしてきたんだろ」

「どうだい、不便はないかい」

「へい」と吉平は面持ちを弛《ゆる》めた。

「吉平といいやす。あの、海苔巻きを作ったんで、ご挨拶に皆さん、どうぞ」

あらあ、と皆が皿を囲む。

女らは子供らに取って渡し、それから自分らも手に取った。

「あら、旨いじゃないか」

「ああ、いい味だね」

「若いのによく作ったもんだ」

おかみさんらは笑顔を交わし合う。

その下から子供らの声が上がった。

「すっぱいよ」

「しょっぱーい」

吉平は顔が歪みそうになるのを、抑えた。子供らは、そう言いつつも食べている。

「あらまあ」母親が笑って繕《つくろ》った。

「子供はすっぱいのが苦手だからねえ、気にしないでおくれ」

「そうそう、酢と醬油をおごったたってこったろう」

「ああ、味の塩梅《あんばい》は子供にゃわからないもんさ」

あ、と吉平は声を呑み込んだ。おごった……塩梅……そうか……。

吉平は皆を見渡して、ぺこりと頭を下げた。

「これからよろしく、頼みます」

「あいよ」

女達の声が揃い、子供達が笑った。

二

数日後。

竹籠を抱えて、吉平はまた金造の元を訪れた。

吉平が差し出した海苔巻きに「どれ」と金造が手を伸ばす。

口を動かして、ふうん、と吉平を見た。

「前より旨いな。寿司飯がいい塩梅になった」

「そうですか」吉平の顔がほころぶ。

「味醂《みりん》をおごって、砂糖も少し、入れてみたんです。あのあと、おかみさん達に食べてもらって、酢と醬油をおごったねと言われて気がついて……味醂はおごらなかったし、砂糖は使わなかったんです、値が張るもんで……」

「ああ、そら、な、しょうがねえわな」

「ええ、で、味の塩梅がよくないんだろうと思って、いろいろと作ってみたんです」

「ほう、で、この味になったのかい、いいんじゃないのかい。この……」

金造は囓り口を見る。

「具の鰹節にも甘みがあるのがいい、それに胡麻《ごま》を混ぜたね」

「はい、香ばしくなるかと思って……あさりはやめて沢庵《たくあん》にしました」

「へえ、沢庵かい、どれ」

もごもごと口を動かして、

「うん、いいよ、旨い」

と、目を細めた。

「よかった、ありがとさんでした」吉平は竹籠を抱えると、立ち上がった。

「お邪魔さんでした」

会釈《えしやく》をすると、土間へと飛び降りる。

「やれやれ、せわしないねえ」

金造の声を聞きながら、吉平は戸を閉めた。

長屋を出て、表の道へと行く。辻を曲がり、早足のまま、また曲がる。

着いたのは自身番だった。

そっと戸に手をかけ、「ごめんなさいまし」と肩をすくめて入って行く。

「矢辺様はお見えになりましたか」

ああ、と火鉢を囲んだ三人の町役人《ちょうやくにん》らが顔を上げる。

「今日はまだだ。じきにお見えになるだろうよ」

「そいじゃ、待たせてもらっていいですかい」

ああ、と町役人は片隅を目顔で示す。

吉平は板間の隅に腰を下ろすと、竹籠を脇に置いて戸を見つめた。腰板の上の障子に、人々が行き交う影が映る。深川の男達は、歩くのが速い。

やがて、戸の前で一人の影が止まった。

戸が開くと同時に、吉平は立ち上がった。

入って来たのは矢辺一之進だった。

「おっ」と一之進も気がつき、こちらにやって来る。

「吉平じゃないか、どうした」

笑顔になりかけて、すぐにそれを消した。

「ああ、すまぬな、まだ手がかりは見つかっておらんのだ」

「いえ、そのことじゃないんで。矢辺様にお話ししておこうと……」

吉平は鈴乃屋を出たこと、長屋で暮らしはじめたことなどを話していった。

「ほう、さようであったか。黒江町の権兵衛長屋なら、知っているゆえ、そのうちに寄ろう。わざわざ知らせに来てくれたのか」

「へい、あの、それと……」

吉平は板間に置いた竹籠を手に取った。

「これを作ったんで、味を見ていただきたいと思って……矢辺様はしょっちゅう江戸一に来て下すってたんで」

蓋が開けられて現れた海苔巻きを、ほう、と一之進は覗き込んだ。

竹籠を受け取って板間に座ると、「どれ」と海苔巻きをつまみ上げた。一口で放り込むと、頬を膨《ふく》らませる。やがて、それが喉を下りていった。

「ほう、具は鰹節、それに胡麻か。よいのではないか」

「そうですか、それと、こっちは沢庵を巻いたものでして」

「ふむ」と、そちらを一つ、口に放り込む。

「そもそも酢飯が旨い。沢庵は刻んであるのだな、うむ、いい味だ」

さらに手を伸ばしつつ、一之進は吉平を見た。

「しかし、江戸一で海苔巻きを食った覚えはないがな、出していたか」

「あ、いいえ、おとっつぁんは試しに作っていたんですけど、まだ、店には出しちゃいなかったんで」

「ふむ、そうであったか……では、吉平が跡を継ごうとしているのだな」

「へえ、これを出商いで売ろうと考えてやして」

胸を張る吉平に、ほう、と一之進はもう一つ海苔巻きを取って、目の前に掲げる。海苔がよれ、形がいびつだ。

吉平は首を縮めた。

「や、まだ、見た目が悪いんですけど……」

ははは、と一之進は笑ってそれも口に放り込む。

「ま、食い物は味がなによりだ、これなら売れるであろう」

一之進は顔を巡らせて、火鉢を囲む町役人を見た。ちらちらとこちらを窺っていることに、吉平も気がついていた。

一之進は竹籠を持ち上げる。

「旨い海苔巻きがあるぞ、馳走《ちそう》になるがいい、おっと、茶があるとよいな」

「はいっ」

「茶は淹《い》れてありますんで」

町役人らが盆に湯飲みを載せてやって来る。

どれどれ、と三人はいっせいに手を伸ばした。

動かす口を、吉平は見つめた。

「おう、旨い」

一人が言うと、二人は頷いた。

「かんぴょうじゃないのがいいや。あたしゃあの甘いのが苦手でね」

「もう一個、もらってもいいですかい。あっしは漬物が好きでね」

おう、と一之進は頷く。

「どうだ、これを売りに来たら買うか」

へい、と三人は頷く。

「毎日っちゃ飽きるけど、ときどきなら」

「手が汚れないってのもいい」

「けど、値はいくらで」

あ、と吉平は額に手を当てた。

にぎり寿司は一貫四文からで、ネタによっては二十文や四十文、六十文になる物もある。

吉平は指を折った。海苔は安くない。醬油や味醂、砂糖なども使う。

海苔巻きは一本を切って、六個にしてある。

「そうですね、一本六個で六文で」

ちらりと一之進を見ると、目顔で頷きを返してきた。

「ああ、それなら」町役人が笑みを見せる。

「買おうじゃないか、なあ」

「おう、惜しかあない」

「けど、今日のこれも六文なのかい、いや、旨いから払うけどよ」

手に持った海苔巻きを見つめる男に、

「ああ、いえ」吉平は首を振った。

「これは味見ということで」

そうかい、と三人は笑顔になって、残っていた物に手を伸ばす。

一之進は、よし、と細めた目で吉平に頷いた。

吉平もそれに大きな笑顔で返した。


自身番を出た足で、吉平は表通りを進んだ。

一軒の店に入ると、木の桶や盥《たらい》、箱などが並んだ中を、迷わずに奥に進んだ。

立ち止まったのは、岡持《おかもち》の前だった。

ほかの物は古道具屋で揃えたが、それだけは新品を買おうと決めていた。

帳場に座っていた店主が顔を上げた。

「ああ、いらっしゃい」

二日前に来て、見せてもらっていたものだ。四角い箱は二段になっており、蓋と取っ手が付いている。

「これをもらいます」

吉平の言葉に、へい、と主は満面の笑顔になる。

取っ手を持って、吉平が帳場へと持って行った。

金を払いながら、吉平は帳場の台に目を留めた。算盤《そろばん》の横に硯《すずり》と筆が置いてある。

そうだ、と吉平は店主を見た。

「筆と墨を借りてもいいですかい」

「はいな、どうぞ」

と、店主はそれを板間に置く。

吉平は筆を手に取った。

しゃがんで岡持の表と向き合うと、息をひと息、吸い込んだ。

筆を動かし、江、と記す。

またひと息吸って、戸、を書き、最後に一を書いた。

江戸一、と太い墨文字が光った。

吉平はその字に向かって、頷いた。

三

岡持に海苔巻きを詰めて、吉平は深川の町を売り歩いた。

米問屋の並ぶ佐賀町《さがちょう》では、荷揚げ職人に好評だった。材木置き場の木場では、若い川並衆《かわなみしゅう》に評判となった。濃いめの味つけも、一口で食べられ、手が汚れないのも喜ばれた。

出商いに馴《な》れるとともに、春が過ぎていった。

五月の初旬。

いつもより早い刻限に長屋を出ると、吉平は大川に沿って北へと向かった。

深川だけでなく、川向こうでも通じるのか、試したいという思いだった。

両国橋を渡ると、橋詰めの広小路《ひろこうじ》に吉平は立ち、辺りを見まわした。ここは火除地《ひよけち》として開かれた広場で、その広さゆえに、さまざまな見世物や芸人が集まり、それを見る人々で常に賑《にぎ》わっている。その人々を目当てに、出商いも集まり、玩具《おもちゃ》売りや小物売りなどに混じって、屋台や食い物売りも多い。

吉平はゆっくりと見まわしながら歩いた。

飴《あめ》をいろいろな形に作る飴細工《ざいく》売りや饅頭《まんじゅう》売り、唐辛子《とうがらし》売りや薬売りなどが、あちらこちらで立ったり、座ったり、あるいは歩いたりしている。

吉平は隙間を見つけて岡持を抱えると、

「海苔巻きぃ、変わり海苔巻きぃ」

と、大声を出した。

前を歩いていたおかみさんが立ち止まる。

「変わりってなぁ、なんだい」

「へい」吉平は蓋をずらして、海苔巻きを見せた。長い細巻きがずらりと並んでいる。

「こっちは鰹節巻き、そいでこっちは沢庵巻きで」

深川では切った物を売っていたが、道のりが長いとご飯が固くなりそうで、長いまま持ってきていた。味付けも、いつもよりも薄くしてある。

へえ、と女は覗き込むと、双方を指で差した。

「そいじゃ、両方もらおうかね、一本ずつでいいよ」

「へい、切りますか」

と箱の隅に入れておいた小さな包丁を取る。

いや、と女は首を振った。

「家に持って帰るから、そのままおくれ」

「へい、十二文で」

吉平は二本の海苔巻きを経木《きょうぎ》に包んだ。

やりとりをしているうちに、脇から白髪の男が覗き込んでいた。

「海苔巻きかい、切ってくれるのかい」

「へい」と吉平が包丁を持つと、男は頷いた。

「じゃ、一本ずつもらおうか」

切った海苔巻きを経木で包んで手渡すと、また、横から声が上がった。

が、しばくすると、客足が途絶えた。

よし、と吉平は岡持を置いて海苔巻きを切り、経木の上に並べた。

「さあ、変わり海苔巻きだ、味を見ておくんなさい」

大声とともに、経木を左右に動かすと、人々が立ち止まった。

「食っていいのかい」

若い男が手を伸ばす。と、次々と手が伸びた。

「ああ、酢飯が旨いな」

「なんだ、かんぴょうじゃないのか」

「この沢庵巻きは悪かない」

いろいろな声が上がる。

「沢庵を二本おくれ」

買ってくれる客も出た。

だが、顔を歪める客もいた。

「海苔がしけってるな」

「ああ、海苔が指に付いたぞ」

あ、と吉平は眉を寄せる。冬のあいだはしけることはなかったが、暑くなってきて、海苔がしけるようになっていた。巻くときにも破れることがあった。

やっぱり深川よりも客が厳しいな。海苔巻きは冬か……。と、腹の底で独りごちる。この先はどうするか……。

考え込む吉平に、背後から「おい」と声がかかった。

口をへの字に曲げた男が、腕を組んでいた。横にはたくさんの仏花が入れられた籠が置いてある。

「見ねえ顔だな」男は顔を寄せてきた。

「ここぁな、おれの場所なんだよ」

しゃがれた声に、吉平は息を呑み込み、岡持の取っ手をつかんだ。

「さいで、じゃ、行きまさ」

慌てて、その場を離れる。

小さく振り返りつつ、吉平は「ええい」と岡持を抱えた。

「海苔巻きぃ、変わり海苔巻きぃ」

と声を上げながら、歩き出す。

立ち止まった男が、岡持を見る。

「変わり海苔巻きたぁ、どんなんだい」

へい、と蓋をずらして、中を見せ、

「具は鰹節と沢庵で」

ふうん、と覗き込む男のうしろから、仲間がやって来た。

「じゃ、鰹節を食ってみようか」

「すぐに食べやすか」

「ああ、今、小腹が減ってるんだ」

「へい、と岡持を下ろして海苔巻きを切る。それを経木に載せて渡すと、吉平は口に入れる男を見つめた。

「どうです」

ああ、と男は口を動かしながら、岡持を見た。

「悪かねえ。それよっか、そこに江戸一って書いてあっけど、そりゃ、飯屋の江戸一で使ってたもんなのかい」

あ、と吉平は自分で書いた墨文字を見た。

「や、これは使ってたわけじゃなくて……その……」

どうしよう、と思う。が、騒動のあとに向けられた人々のなんともいえない目を思い出していた。憐《あわ》れみや怖れ、縁起の悪いものを避けようとする冷たさ……。

「旨いってぇ評判だった江戸一に、あやかろうと……」

「ああ、そういうことかい」

頷く男に、隣の男が手を伸ばして海苔巻きを取る。

「へえ、若いのに、度胸があるな」

「いや」海苔巻きを取られた男は笑った。

「度胸ってのは若いうちの花さ、花はすぐにしぼんじまうからな」

「ちげえねえ、あっという間だ」

笑い合う男らに、吉平は背を向けた。が、踏み出した足をすぐに止めた。

「江戸一っていやぁ」という声が聞こえたからだ。

「知ってるか、京橋《きょうばし》に新しくできた店、蒲焼《かばや》きのタレが江戸一みてえに旨いってえ評判だぜ」

「へえ、そうなのかい」

吉平は背を向けたまま耳を澄ます。

「ああ、きっつぁんが行って来たんだ。思わず残ったタレを飯にかけちまったって、言っていたよ」

「ああ、なつかしいな、江戸一のぶっかけ飯……そら、どこの飯屋だい」

「料理茶屋らしいぜ、清風《せいふう》ってえ」

「へえ、今度、行ってみようじゃねえか」

「ああ、稼ぎが入ったらな」

男達が去って行く。

吉平は、聞いた話を耳の奥で繰り返していた。


吉平は布巾《ふきん》をかけた皿を持って、左隣の戸の前に立った。

「次郎吉さん、いますか」

同じ出商いをしている次郎吉とは、家移りしてまもなく親しくなっていた。塩売りをしている次郎吉から、塩も買っている。

「おう、入《へえ》んな」

その声に、すでに引き馴れた戸を開けて、吉平は入って行く。

いつものように、上がり込むと、吉平は布巾を取って皿を差し出した。二つの握り飯が載っている。

「食べてみてください。こっちはしらすに叩いた梅干しを混ぜ込んだもの、そいでこっちは鰻《うなぎ》を刻んだのに紫蘇《しそ》の実の醬油漬けを混ぜたんで」

「へえ、海苔巻きじゃないのか」

次郎吉はしらすの握り飯を頰張る。

「海苔はしけっちまうんで、この先は握り飯にしようと思って」

吉平の言葉に、ふうん、と次郎吉は口を動かす。

「おっ、うめえじゃないか、梅干しがいい塩梅だ」

「そうですか、じゃ、こっちも」

おう、と鰻のほうも口に運ぶ。

「へえ、こいつもうめえや。鰻の蒲焼きは自分で焼いたのかい」

「まさか、まだタレも作れないし、買ってきたんで」

「そうか……けどこりゃ、山椒《さんしょ》の実のほうがよくないか」

「いや、そう思ってやってみたんだけど、山椒は強すぎてだめだったんでさ」

「ほう、そうかい、ぬかりはねえな」次郎吉は飲み下すと、ぺろりと指をなめた。

「けど、握り飯をやるんなら、塩はもっと要《い》りようになるだろう」

へい、と吉平は頷く。

「なので、三十文ほど頼みます」

あいよ、と次郎吉は身を捻《ひね》ると、うしろの瓶《かめ》を引き寄せた。

塩を取り分ける次郎吉の横顔を、吉平は見る。

「次郎吉さん、京橋に新しくできた料理茶屋を知ってますかい、清風っていう」

おう、と次郎吉は顔を向けた。

「塩を仕入れに行ったときに、問屋で聞いたぜ。勝五郎《かつごろう》ってえ料理人がはじめたんだってな」

「勝五郎……」

「ああ、塩を買いに来たそうだ。でよ、赤穂《あこう》の塩っか使わねえって言ったってえんだから笑っちまうぜ。けっ、なあにが赤穂だ、行徳《ぎょうとく》だってひけはとっちゃいねえってんだっ」

次郎吉は膝を叩く。

江戸の町に近い行徳には、徳川家康が江戸を開いたさいに作った塩田がある。多くの塩が小名木川《おなぎがわ》を船で運ばれ、江戸の人々を養ってきた。

「赤穂の塩はなぁ、遠い所から運んで来るからその分、値が張るんだ。それを、高けりゃいいもんだと思うバッカ野郎がありがたがるんだからよ、ちゃんちゃらおかしいってんだよ」

唾《つば》を飛ばす次郎吉に、吉平は頷く。すでにいくども聞いた話だが、次郎吉の熱さに、聞くたびに頷いていた。

頷きながら、吉平は聞いた話を腹の底に落としていた。勝五郎、か……。

四

京橋の町を、吉平はゆっくりりと見まわしながら歩く。横に並んでいるのは福助長屋の徳次だ。

あ、と吉平は手を上げた。

「あそこだ」

道の先に、清風と書かれた行灯《あんどん》の看板が置かれている。

ほう、と歩み寄りながら、徳次は見上げる。

二階建ての建物は間口二間のこぢんまりとした造りだが、窓の格子は整っており障子は真っ白だ。

「ここに上がるのかい」徳次は顔を傾ける。

「飯を食わせてくれるというから、そこいらの飯屋かと思っていたのに、こりゃあ、料理茶屋じゃないか」

うん、と吉平は頷く。

「ここのタレが江戸一の味に似ているっていうんで、食ってみたいんだ」

戸口に向かう吉平に、ほう、と徳次も付いて行く。

「いらっしゃいまし」

出て来た手代は、二人の姿を一瞥《いちべつ》し、小さな部屋へと案内をした。

ふっと、徳次は苦笑する。

「もっといい着物を着てくるんだったな」

や、と吉平も苦く笑った。

「あっしはこれっか持ってないから、同じこってしょ」

品書きを見ながら、吉平は鰻の蒲焼きと豆腐田楽、鮎《あゆ》の煮浸しに天ぷらを頼んだ。

「そんなにおごって大丈夫なのかい」

出て行く女中を見ながら、そっとささやく徳次に、吉平は胸を張る。

「へえ、今日ばっかりはまかしてくだせえ。差配さんにはさんざん世話になったんですから」

「いや、そんなこたぁいいんだよ、それが差配の仕事、いや、あたしが好きでやったことなんだから」

「いえ、ずっとお礼がしたかったんで……それに、ここの味を見てほしいんでさ。

江戸一の味を一番知っていなさるのは差配さんなんだから」

いやぁ、と徳次は額を撫でる。

「そら、毎日、食わせてもらっていたけど……ああ、こうしてると思い出すねえ、吉つぁんの煮物も焼き物も……」

思い出話をしていると、やがて、膳が運ばれてきた。

鰻の蒲焼きから、甘辛いタレの匂いが立ち上る。

吉平は鼻を動かすと、箸《はし》を手に取った。

蒲焼きを口に入れると、すぐに徳次を見た。

徳次も同じく、口を動かしながら、吉平を見返す。

二人の目顔が頷き合う。

「こりゃ……」徳次が蒲焼きにかかった照りのあるタレを見つめる。

「確かに、江戸一の味とよく似てるわい」

吉平は眉を寄せて頷いた。

「同じ、じゃあないけど、近い……」

ゆっくりと味わいながら、吉平は父の味を思い起こしていた。なにが入っているのかはわからないままだったが、その味の奥深さが、口中に感じられる。

徳次は箸を天ぷらへと移す。鱚《きす》の天ぷらを天つゆへと浸して、口に運んだ。

「ふうん、この出汁《だし》は違うな」

吉平も続いて、頷く。が、豆腐田楽で、顔を上げた。

「この味噌、タレを加えてある」

「どれ」徳次も口に含んで、頷いた。

「そうさな、味噌をのばすのに使ってるな」

徳次は声を落とした。

「ここの料理人はどんな男なんだい」

吉平は首を振る。

「勝五郎ってえ名しかわからねえんで」

ふうん、と徳次は顔をしかめた。言いたい言葉を呑み込んだように見えた。

吉平も口に出しそうになるが、それを喉で止める。

もしかしたら、タレを盗んだのは……。

吉平はすっと立ち上がった。

「厠《かわや》かい」

徳次の問いに頷いて、廊下へと出て行く。

奥へと進むと、厠があった。が、そのままさらに進んで行く。

料理茶屋の造りは鈴乃屋でわかっている。どこも、さほどの違いはないはずだ……。

廊下の先から、音が聞こえてきた。包丁の音だ。さらに鍋の煮え立つ音もする。

吉平は唾を飲み込んだ。

腕を見ればわかる……火傷《やけど》の跡があれば……。

廊下を、音を立てずに歩く。もう少し行けば、台所が見えるはず……。

息をひそめる吉平の背後で、足音が鳴った。ぱたぱたとやって来るのは女中だった。

隅に身を引いた吉平に、膳を抱えた女中が立ち止まった。

「あら、お客さん、なにかご用で」

「あ、いや」吉平は咳《せき》を払う。

「その、厠を探してたんで」

ああ、と女中は顔を巡らせて顎をしゃくった。

「厠なら反対。通り過ぎちまってますよ」

「あ、そうか」

吉平は踵を返す。

廊下を戻りはじめると、手代がやって来た。

「おや、お客さん、なんです、こんなとこで」

「あ、いや、厠に行くところで」

「さいですか。あっちです」

また、顎をしゃくられた。

吉平は足を速めて、厠へと行き、その戸を閉めた。

こっちからは無理か……。しばし、息をひそめてから、そっと外へ出た。


岡持に握り飯を詰めて、吉平は木場を歩いていた。

「おうい、吉平」と、若い衆に呼び止められ、そちらに走る。

「しらすと梅の握り飯はあるか」

「へい」と、岡持の蓋を開けると、ほかの者らも集まって来た。

「おれぁ、鰻がいいや」

へい、と経木に包んでいく。

「鰻もいいけどよ」首を伸ばしてくる男もいた。

「油揚げを刻んだのを混ぜちゃどうだ。おれぁ、甘っ辛い油揚げが好きなんだ」

「おう、稲荷《いなり》揚げか、おれも好きだぜ」

横の男が笑った。

油揚げは薄揚げ、稲荷揚げとも呼ばれている。

「おれも、甘っ辛い稲荷揚げがのっかった蕎麦《そば》ぁ好物だ」

別の男も笑顔になる。

稲荷揚げか、と吉平はつぶやいていた。

おっ、と一人が声を洩らして、空を見上げた。

雨粒がぱらぱらと落ちてくる。

「こいつは降るな」

「おう、今日はしめえにするか」

男達がばらけはじめた。が、そのうちの一人が、岡持を覗く。

「まだ、あんだろ。全部、もらうよ」

「え、けど……」

戸惑う吉平に、男はにっと笑った。

「雨が岡持にしみ込んだら、おじゃんになっちまうぞ。なに、うちのおっかあと子らの土産《みやげ》にすれば喜ばれる。包んでくんな」

「へい、ありがとさんで」

吉平は残っていた握り飯を全部、包んで渡した。

「おめえも早くけえんな」

包みを抱えた男は、そう言って走って行った。

吉平も空になった岡持を持って、小走りになる。

すでに梅雨《つゆ》に入った空からは、細い雨が降り続けていた。

吉平はしばらく走って、三十三間堂《さんじゅうさんげんどう》の屋根の下に逃げ込んだ。

長い堂宇《どうう》を見ていると、父の吉六が思い出された。ここで行われる通し矢を見物するために、しばしば連れて来られたものだった。

京を模《も》して行われる通し矢は江戸でも人気だ。千射、百射など矢数を競うもの、射る距離を競うもの、射る時の長さを競うものなどがある。記録を打ち立てた者は、江戸一と呼ばれるのだ。

そうか、と吉平はつぶやく。江戸一はそこからとったのかもしれない……おとっつぁんは、味で江戸一をめざしていたんだろう……。そう思うと、腹の底が熱くなってくる。これからだったのに……。

吉平の脳裏に清風の膳が浮かんだ。タレの味も舌に甦《よみがえ》ってくる。

もしも、あれが、おとっつぁんのタレなら……。

吉平はずっと考え続けていたことを、改めて反芻《はんすう》した。どうすれば、確かめられるだろう……。

雨が顔に当たる。風が出て来て、横殴りになってきていた。

帰ろう、と足を踏み出して、それを止めた。そうだ、と背中に手をまわす。雨を案じて笠を負って来ていたのを思い出したのだ。それを被りながら、今度こそ歩き出す。梅干しを買って帰らなきゃな……。

考えながら「あっ」と声が出た。

「そうだ」と独りごちて、吉平は梅雨空を見上げた。

五

雨の降るなか、笠を被った吉平は、瓶を一つ抱えて京橋の路地を入った。

まわり込んだのは、清風の勝手口だ。

台所の音や匂いが、戸を通して伝わってくる。

その前に立つと、吉平は大きく息を吸い込んだ。

「ごめんなさいまし」

大声を上げ、戸を引いた。

笠を被ったまま、土間に足を入れる。顔は見られないほうがいい、と考えてのことだった。江戸一の騒動は五年以上も前のことだ。十二歳だったあの頃の面影は、すでにないだろう、とは思う。が、今後のことを思えば、顔は知られないほうがいい。そう思って、笠をとらずに、土間へと入った。素早く目を動かし、吉平は台所に立つ料理人らを見まわした。

「なんだ、おまえは」

若い男が包丁を置いて、こちらにやって来る。

「へえ、梅干し売りでして」

吉平が抱えていた瓶を前に出す。

「梅干しだぁ」男は料理台に立つ男を振り返った。

「旦那さん、どうします、梅干しは少なくなっちゃってますが」

旦那という言葉に、吉平は息を呑んで奥の男を見た。では、あれが勝五郎か……。襷《たすき》を掛けているため、腕は顕《あら》わだ。が、ここからは、内側は見えない。

勝五郎は包丁を置くと、台を離れた。
こちらにやって来る。
吉平は息を殺して身を固めた。
勝五郎は前に立つと、右腕を伸ばしてきた。
「見せてみろ」
そう言って、蓋を取る。腕が見えた。
吉平は唾を飲み込んで、右腕の内側を見る。
引き攣《つ》れて光っている。火傷の跡だ。
頭の中に、情景が甦った。
振り上げられた腕と、その内側の引き攣れた跡。
こいつか、と吉平は笠の内から、顔を見た。太く乱れた眉と眉間《みけん》の皺《しわ》が目に付く。
勝五郎は瓶を覗き込んで、ふん、と鼻を鳴らした。
「だめだ、こんなもん。うちは紀州《きしゆう》の大粒しか使わねえんだ。けえりな」
蓋を戻すと、くるりと背を向けた。
吉平は瓶を抱えたまま立ち尽くした。身体を動かそうとしても動かせない。

「政次《まさじ》」勝五郎は若い男を振り向く。

「さっさと追い出せ」

へい、と政次は手を突き出す。

「さっ、とっとけえりな。こちとら忙しいんだ」

とん、と肩を押された勢いで、吉平の足が動いた。ゆっくりとあとずさる。

うしろ向きのまま土間を出ると、目の前でぴしゃりと戸が閉められた。

戸を見つめて、吉平は口を動かす。

勝五郎……。そう喉の奥で繰り返すと、唇を噛んだ。

深川の自身番の片隅に座って、吉平は戸口を見つめていた。

開いた戸の向こうを、人々が通り過ぎて行く。

その流れからそれた人影に、吉平は立ち上がった。

入って来たのは矢辺一之進だ。

「矢辺様」

走り寄る吉平に「おう」と言いつつ、いつもとは違う吉平の面持ちに、

「どうした」

と、板間に上がるように誘った。

向かい合って座ると、吉平は手を動かした。

「あの、あっちの、京橋に、料理茶屋ができて……」

「まあ、落ち着け」

一之進は吉平の手を押さえる。

へえ、と吉平は息を吐くと、力んでいた肩を下ろした。

「すいません、京橋に清風ってえ料理茶屋ができて、そこのタレが江戸一のようだってえ噂《うわさ》を聞いたんで、行ったんです」

「おう、その噂は、わたしも聞いて気になっていたのだ。行ったか。して、食ってみたのか、どうであった」

「へい、同じじゃありませんが、かなり近い味でした。それで……」

吉平は日を改めて、梅干し売りとして勝手口を訪れたことを話す。

「なんと……」一之進の声がうわずった。

「腕に火傷跡があったというのか、同じ場所か」

吉平は小さく眉を寄せた。

「同じ、と言われると、なにしろ五年以上前のことで、それも見たのはほんの一瞬だったんで……ですが、同じ、だと思います」

ふうむ、と一之進は腕を組む。

「味が似ている、さらにあの折の科人《とがにん》と似た傷跡がある、となれば、疑わしいな」

「いや」と吉平の声が高まる。

「疑わしいってえよりも、あの勝五郎に間違いねえとあたしは思うんです。矢辺様、あいつをお縄にしてください」

ううむ、と一之進の眉間が狭まる。

「そこまで言うのであれば、そなたの考えは確かなのかもしれぬ。だが、証立《あかしだ》てるものがない。見たものだけを並べても、それを証とすることはできないのだ」

「証……」

「さよう。仮にその勝五郎をしょっ引いたとしても、詮議《せんぎ》の場で知らぬ存ぜぬとしらを切られれば、どうしようもない。きつい責め問いをすれば、白状するかもしれんが、するとは限らん。そうなれば、放免だ」

町奉行所の吟味《ぎんみ》では、力を駆使しての責め問いがしばしば行われる。打つ、縛る、吊す、石を抱かせるなどして、口を割らせるやり方だ。

「なかには」一之進は天井を見上げた。

「拷問《ごうもん》しても屈しない者もいる。それで一度、放免になったら、二度とその罪を問うことはできないのだ」

「そんな……では、どうすればいいんで」

「ふうむ、それゆえに証が大事なのだ。誰かほかの者の言い立てでもいい。当人がやったという話を聞いた、とか、恨み辛《つら》みを語っていた、とかな。それと騒動のあと、金まわりが急によくなった、などの話も吟味のさいに取り上げられる。まあ、こたびの件は金まわりは関わりないだろうが……」

一之進は腕をほどくと、胡座《あぐら》の足を叩いた。

「とにかく、調べてみよう。その勝五郎という男のこと、もっと知る必要がある。どこでなにをしていたのか、どのような者なのか。そのあたり、岡っ引きを動かして探らせてみるゆえ、そなたはこれ以上は動かずに待つがよい」

その言葉に、吉平は強《こわ》ばらせていた頬を弛めた。

「へえ、そうですね。矢辺様が探索してくだされば、心強いってもんで……よろしくお頼み申します」

吉平は頭を下げる。

うむ、と一之進は立ち上がった。

「なれば、早速、駒蔵《こまぞう》を動かすとしよう」

一之進は土間へ下りると、外へと出て行った。

遅れて出た吉平は、空を見上げた。雲の切れ間が、少し明るくなっていた。

第五章　味の二代目

一

朝早くから吉平は狭い台所に立っていた。

鍋から上げた油揚げを皿に並べて冷ます。湯気とともに、甘辛い匂いが、広がっていく。油揚げは端を切って開いたものだ。数日前から続けているが、なかなか思うようにいっていない。あちらこちらの油揚げを買ってきて、昨日、やっと上手《うま》く開けるものを見つけたところだ。

湯気の消えた油揚げを広げて、吉平はそこに生姜《しょうが》を混ぜたご飯を載せた。海苔巻きと同じように、長細く載せ、油揚げで巻いていく。形が崩れて、吉平はふうっと息を吐いた。

やっぱり、巻き簀《す》を使わないとだめか……。

巻き簀の上に移して、やり直すと、今度はうまくいった。

よし、次はこれだ……。とご飯の上に椎茸《しいたけ》の煮付けを載せて巻く。

両方ができあがると、切って海苔巻きのように短くし、口に入れた。甘辛い煮汁がじわっと口中に広がり、それがご飯と混じり合う。

うん、これならいけそうだ。独りごちていると、外で人影が動いた。

「ごめん」

開け放した戸口から上がった声に、吉平は肩をすくめた。あの声、もしや……。

出て行くと、立っていたのは右隣の狩谷新左衛門だった。いつでも険《けわ》しい面持《おもも》ちをしているため、挨拶《あいさつ》を交わしたことしかない。

「あ、おはようございます。あの、なにか……」

吉平が上目になると、新左衛門はちらりと台所に目を流した。

「油揚げを煮ておるのか」

「あ、へえ」吉平は慌てて、台所と新左衛門を交互に見る。

「すいません、匂いが鼻につきましたか」

「うむ、鼻につく」

「あっと、そいつはどうも……」

頭を下げる吉平に、新左衛門は咳《せき》を払った。

「聞けば、そのほう、食い物の出商《であきな》いをしているそうだな」

「へい、さようで。今度、油揚げを使ったのを売ろうと思って、試しに作ってたんです。好物だとおっしゃるお客がいたもんで、あの、迷惑なら……」

「ふむ、試しか」新左衛門は口を曲げた。

「それはいかなるものか」

「へい、開いた油揚げを甘辛く煮て、ご飯を巻くんで。海苔巻きみてえにしてるんで、稲荷巻きってことで……」

「ほう、して、売るのか」

「へえ、やっと上手くできたんで。あの、明日っから匂いが出ないように、窓も戸も閉めてやりますんで……」

吉平は頭を下げる。そこに新左衛門の声が落ちた。

「ふむ、それはかまわぬ。で、値はいかほどか」

は、と吉平は下げていた顔を上げた。新左衛門はその目から顔を横に逸《そ》らし、ぼそりと言う。

「その稲荷巻きはいくらかと訊《き》いておる」

「あ、へえ、一個、六文にしようかと……」

む、と新左衛門の顔が向き直った。

「かような物は、四文が常ではないのか」

「あっと、そうなんですが、あたしはちっと手間をかけようと思ってやして」

「手間、とはいかなることをいたすのか」

はあ、と吉平は台所の台に行き、切った稲荷巻きを皿に取って戻った。

「こっちは椎茸の甘辛煮を飯の上に載せた物、で、こっちが生姜の甘酢漬けを刻んで混ぜた物なんで」

ふうむ、と新左衛門は覗《のぞ》き込む。

「なれば、双方、一個ずつもらおう」

懐《ふところ》に手を入れる新左衛門を、ええっ、と吉平は見返した。

新左衛門は目を逸らして、また咳を払った。

「それがし、油揚げは好物ゆえ、買う、と言うておるのだ」

は、と吉平は険しい顔と稲荷巻きを交互に見る。

「あ、や、そんならお代はいりません」

吉平は、皿を板間に置いて、新左衛門を振り返った。

「あの、こちらで、味を見てください。どうぞ、中へ」

む、と新左衛門が土間に入ってくる。

吉平は土瓶《どびん》の白湯《さゆ》を茶碗に注いで、持って来た。

「ちょうどよいところに……稲荷巻きはまだ売り物にしたことがないんで、味がこれでいいかどうか、迷ってたんです」

昨日、左隣の次郎吉に持って行ったら、〈あめえのは苦手だ〉と言われてしまっていた。

「どうか、召し上がってみてください」

「む、なれば」

新左衛門は稲荷巻きをつまむと、口に入れた。

喉が動いて、口が開く。

「ふむ、これは椎茸のほうであるな」

「へえ、いかがでしょう。深川の若い衆に合わせて味を濃いめにしてあるんですが」

「うむ、濃い。されど、よい味付けといえよう」

「そうですか、なら、こっちの生姜も」

ふむ、と新左衛門は口に運ぶ。

なるほど、と飲み下して頷《うなず》いた。

「油揚げの甘辛さと生姜の酸味がよう合《お》うておるな」

「さいで」吉平は笑顔になった。

「油揚げが好物というお方にそう言ってもらって、安心しました。売りに出すことにします。ただ、指が汚れるのが気になるんですが、どうでしょう」

「ふむ、町人であれば舐めてすませるであろう。武士なれば、手拭《てぬぐ》いか懐紙《かいし》をもっていよう」

新左衛門はそう言って懐の手拭いを出して、指を拭いた。

吉平は、そうか、と面持ちを弛《ゆる》める。

手拭いをしまった新左衛門は、皿に残っている稲荷巻きをちらりと見た。

吉平は皿ごと差し出した。

「あ、こいつはお持ちください」

「む、よいのか」

「へい、味を見ていただいて助かりやした、どうぞ」

うむ、では、と立ち上がる。

「馳走《ちそう》になる」

新左衛門の面持ちが、初めて弛んだ。

出て行く背中を見送りながら、吉平も笑顔になって、空を見上げた。

細い雨が降ってきていた。

今日も商いは無理だな……。吉平は襷《たすき》を掛け直す。よし、稲荷巻きをもっと上手く作れるようになろう……。

ぱんっと手を打つと、台所に戻った。


数日ぶりに晴れた日。

昼に握り飯と稲荷巻きを売り切って、吉平は長屋に戻ってきた。

井戸端で岡持《おかもち》を洗う吉平に、おかみさんらが声をかける。

「今日は売れたかい」

「へい、全部、売り切れやした」

吉平の笑顔に、

「稲荷巻きの評判はどうだい」

おかみさんらも笑みを見せる。稲荷巻きは長屋の人々にも味見をしてもらい、好評を得ていた。

「へえ、男衆にも案外と甘い味が好きな人がいて、ちいと驚きやした」

「ああ、陰で饅頭《まんじゆう》を食う男は多いよ」

あはは、と皆が笑う。と、それが急にやんだ。

背後に人影が立った気配に、吉平は振り返る。

「あ、矢辺様」

立ち上がった吉平に、おう、と言いながら、一之進は周りを見た。

洗い物をしていたおかみさんらが、いっせいに手を止めて見上げている。その顔は眉間《みけん》が狭まり、上目や横目になっている。走りまわっていた子らも、立ち止まって見上げていた。

うほん、と一之進は咳を払って、胸を張った。

「この吉平は幼い頃から知っていてな、一人で長屋暮らしをはじめたと聞いて、気になって見に来たのだ」

おかみさんらの顔がいっせいに弛んだ。

「なぁんだ」

「そういうことかい」

また、手を動かしはじめる。

一之進は愛想のよい面持ちを、皆に向けた。

「吉平はよい心根ゆえ、皆も面倒を見てやってくれ」

「あいな」

女の高い声が上がる。

「吉ちゃんは、もうかわいがられてっから、心配いりませんよ」

「そうそう」

おかみさんらの声に「そうか」と頷いて、一之進は吉平の背中を押した。

二人で家に入ると、一之進はそっと戸を閉めた。

一畳だけ譲り受けた古畳の上で向かい合うと、一之進は小声で言った。

「例の勝五郎だがな、前の職がわかったぞ。浅草の芝居茶屋にいたそうだ。中茶《ちゅうぢゃ》屋《や》の台所で、包丁を握っていたということだ」

芝居小屋の多い浅草には、芝居茶屋もまた多い。客は茶屋を通して席を取ってもらう仕組みになっており、座敷では着替えをしたり、膳を摂《と》ったりもする。大きな大茶屋や中茶屋では料理人を抱え、小茶屋では仕出しなどを使う。

「芝居茶屋の料理人、ですかい」

「うむ、だが、茶屋の主《あるじ》と折り合いが悪かったらしい。どうも、勝五郎というのは、腕はいいが短気で、主やほかの料理人とぶつかることが多かったようだ」

へえ、と吉平は鈴乃屋の台所を思い出していた。虎松や竹三も短気で怒りっぽかった。父でさえ、料理のこととなると、厳しかった。

「火や食材の扱いには気を弛めることができないんで、料理人はみんな……腕のいい人は特に、気短《きみじか》なとこはありやすけど」

「ふうむ、そういうものか」一之進は腕を組む。

「まあ、腕はいいのだろう。あの京橋の料理茶屋な、店借《たなが》りではなく、買ったそうだ」

「へえ、あんないい場所じゃ値が張ったでしょうね」

「うむ、いくらかはわからなかったが、普請《ふしん》もし直したらしい」

「歳はいくつなんですか」

「四十五だそうだ」

吉平は指を折る。

「うちのおとっつぁんは、生きていれば四十四だから……一つ違いってこってすね」

「ふうむ、そうか。吉さんも生きていれば、自前の店を持てたのだろうに……ああ、いや、そうとは限らぬな」

「へえ」吉平は苦笑する。

「おとっつぁんは儲《もう》けを考えないお人でしたから、どうなってたか」

「そうだな、銭勘定よりも、いかに安くて旨《うま》い物を作るか、ということに腐《ふ》心《しん》する男であったからな」

吉平は苦笑のまま頷く。

「けど、浅草のお人が江戸一を知っていたんでしょうか」

「ふうむ、わたしもそれは解《げ》せなかったのだが、岡っ引きの駒蔵が聞いてみたところ、浅草でも名は知れていたそうだ。特に料理人のあいだでは知れ渡っていて、江戸一に食いに行ったという者が大勢いたという話だ」

「そうなんですかい」

吉平の背筋が伸びた。けど……、と眉が寄る。名が知れたからこそ、狙われたのだろう……。

まあ、と一之進は腰を上げた。

「引き続き、探索は続けてみる。また、わかったことあれば、知らせに来よう」

へい、と吉平は畳に額をつけた。

「お願《ねげ》えします」

おう、と一之進は出て行く。

開いた戸口から、子らの声が聞こえてきた。

二

空になった岡持を持って、吉平は両国橋を渡った。

大川沿いに、深川へと下って行く。川の向こうが夕焼けで赤く染まっているのを横目で見ながら、吉平は歩く。

深川の町に入ると、

「おい、吉平」

と、脇の道から声が飛んできた。

矢辺一之進が走ってくる。

「あ、これは矢辺様」

「おう、先ほど長屋に行ったのだぞ」

「すいません、両国に行ってたんで。昼前は深川で握り飯と稲荷巻き、昼すぎは両国で稲荷巻きを売りに行くようにしたんで」

「ふむ、そうか、売れたか」

ゆっくりと歩き出す一之進に、吉平も並んだ。

「へい、おかげさんで売り切れました……あの、またなにかわかったんですかい」

「うむ、駒蔵が熱心に聞きまわってくれてな、勝五郎のさらに前がわかった。芝居茶屋の前には湯島にいたことがわかったのだ。千成という大きな料理茶屋で、大名も上がる店だということだ」

「千成……」

吉平の足が止まる。

ん、どうした、と一之進も止まる。

吉平は唇の震えを抑えながら、一之進の腕をつかんだ。

「そこは、おとっつぁんもいたとこです」

「なんだと……吉さんも千成で働いていたというのか」

「へい、前の長屋の差配さんに聞いたんです。ずっと以前、千成で料理人をしていたって。おっかさんもそこで女中をしていたってえ話でした」

「なんと」

一之進は目を見開く。

二人はしばし、顔を見合わせたまま黙り込んだ。

「ということは」一之進の口が開いた。

「はなから、二人は知った者同士だったということか……ううむ、となれば、裏っ側になにかがあった、とも考えられるな。それゆえに、勝五郎は吉六さんを襲った、と……」

歪んだ顔で、一之進は首をひねる。

「となると、行きずりの物盗《ものと》り、という見込みはこれで消えたな」

吉平は腕をつかんだ手に力を込めた。

「それならもう、勝五郎に間違いないってぇこっちゃないですか」

ううむ、と一之進はさらに首をまわす。

「そうもかもしれぬ……だが、軽々《けいけい》に決めつけるわけにもいかぬ。犯した科《とが》は殺しであるから、科人は死罪だ。慎重に調べねばならぬ」

「慎重って、けど……」

「まあ、落ち着け。調べて二人のあいだに諍《いさか》いや怨《うら》みがあったとしたら、それを証立《あかしだ》ての一つにできるやもしれんのだ」

「怨み……証……」

つぶやく吉平の手を、一之進はそっと引き剝《は》がす。

「ともあれ、そうとなれば、さらに探索を続けねばならん。それは我らにまかせるのだ。よいな、そなたは待つのだぞ」

そう言うと、一之進は早足になり、辻を曲がって行った。

吉平は顔を伏せがちに歩き出す。

徳次と上野に行った折、湯島の方向を示されたことが思い出された。

〈あっこが湯島だ……湯島天神があってな、その近くに吉つぁんが働いていた料理茶屋があるんだ。千成という店でな……〉

さまざまなことが浮かんでは消える。

歩きながら、吉平ははっと、顔を上げた。

別の顔が浮かび上がった。多摩から来る富作の顔だ。富作は江戸一と父の話になり、こう言った。

〈吉六さんとは、それよりずっと前からの付き合いだったもんで〉

そうだ、と、吉平は足を速める。あのときは聞き流していたけど、富作さんは千成の頃のおとっつぁんを知っているってことじゃないか。ならば、勝五郎のことも知っているんじゃないか……。

長屋へ戻ると岡持を置き、吉平は来た道を戻る。黄昏《たそがれ》の薄闇が広がるなか、大川沿いの道を遡《さかのぼ》り、また両国橋を渡った。

提灯《ちょうちん》を下げた鈴乃屋を遠目に見る。すでに夜の闇が辺りを覆《おお》っているせいか、二階の窓の明かりは消えている。吉平は裏へまわり込むと、勝手口に近づいた。

そっと聞き耳を立てるが、虎松や竹三の声は聞こえてこない。

もう、帰ったな、と吉平は戸口に近寄った。

中を覗くと、留七と亀吉、そして入れ替わりに入った小僧が片付けをしていた。

「留さん」

抑えた声を投げかけると、留七はすぐに振り向いた。

えっ、と駆けて来ると、外に出て、うしろ手に戸を閉めた。

「どうしたんだ、いきなり」

「ちょっと、聞きたいことができたんだ」ひそめ声で顔を寄せる。

「多摩の富作さん、店に来てるかい」

「ああ、少し前まで、しょっちゅう来てたさ。たらの芽だのぜんまいだのを持って……けど、なんだい」

「富作さんに聞きたい話があるんだ。次はいつくるか知らないか」

ううん、と留七はうつむいて指を折った。

「ええと、五日後だな。六月の二十日に寄り合いのお客が十人上がることになっているんだ。そのために鹿《しか》の肉がほしいって頭《かしら》が頼んでいたから、その前日に持って来るはずだ」

「五日後か……ありがと、助かった」

頭を下げる吉平に、留七は、

「いや、いいけどよ……ちょっと待て」

中に入って行った。戻ってきた留七が少し破れた提灯を差し出す。

「そら、持ってけ」

手渡された灯《あか》りで、吉平はもの問いたげな留七の顔に気がついた。が、

「今度、ゆっくり話す」

と言うと、背中を向けて、駆け出した。

いつもどおりに深川、両国とまわった吉平は、長屋で手足を伸ばしていた。が、すぐに起き上がると、板間に筵《むしろ》と晒《さらし》を重ねて敷いた。その上に砥石《といし》を置き、脇に水を汲《く》んだ鉢《はち》を置くと、台所から包丁を持ってきた。鈴乃屋の流し台は大きかったため包丁研《と》ぎもできたが、長屋の流し台は狭くて、とても包丁研ぎはできない。吉平は両手を包丁に当てた。江戸一から持ち出し、鈴乃屋では柳行李《やなぎごおり》にしまい、この長屋で使いはじめた父の形見だ。

手を動かすと、シュッという音が立った。

江戸一でも、父が研ぐ音を聞いていたのを思い出す。

あの夜も聞いたな……。そう思い出して、吉平は顔を横に振った。

〈包丁を研ぐときには、よけいなことを考えるな〉

父の言葉が耳に甦《よみがえ》ったからだ。

一心不乱に、研ぎ続ける。

よし、と包丁を置くと、吉平は膝で移動した。柳行李を開けると、手を突っ込む。取り出したのは白鞘《しろざや》の短刀だった。以前、古道具屋でたまたま見つけ、買っておいた物だ。

鞘から刃を抜くと、裏表を見る。錆《さび》が浮いているため、値も安かった。

研いでみよう……。砥石の前に戻ると、吉平は短刀を研ぎはじめた。

錆が落ちていき、刃に輝きが現れてくる。

白刃《はくじん》を目の前に掲げると、吉平はそっと刃に指を添えた。

冷たい刃を指に感じて、吉平は小さく頷いた。

三

鈴乃屋が見える辻で、吉平は佇《たたず》んでいた。

多摩の富作が来るのは、いつも昼を過ぎてからだった。多摩川を船で下り、いくつかの料理茶屋に寄りながら来るためだ。

じっと立っていると足がむずむずとしてくる。と、その足を踏み出した。

富作だ。大きな籠を負った姿で、鈴乃屋の前を通り過ぎ、脇の路地から勝手口へとまわって行く。

吉平はゆっくりと、近づいて行った。

虎松はよけいな話をしないため、富作も長居はしない。

路地から富作が現れた。

吉平は走り寄る。

「富作さん」

お、と富作は目を丸くした。

「なんだね、吉平じゃねえか、こんな所でなにしてんだね」

「富作さんに会いに来たんで」

「おらに……」

「へえ、ちょっと、どこかで話ができませんか」

いやぁ、と富作は歩き出す。

「今から深川に行くんだ。鹿肉を持って行けば、きっと買ってくれる料理茶屋があるもんでな」

「あ、そいじゃ、あたしも行っていいですか。道々、話ができれば……」

並んだ吉平に、富作は笑顔を向けた。

「ああ、かまわねえよ。けんど、なんだね、話っつうのは」

吉平は富作の横顔を見る。

「千成のことなんで……富作さんは、千成にいたおとっつぁんのことを知っていなさるんですよね」

「おう、知ってるよ。おらぁ、十二の歳から荷物持ちで、おっとうに付いて行ってたからな。けど、吉六さんが千成に来たのは、少しあとだったな、十四、五のときに来たんでなかったかな」

「十四、五……おとっつぁんがですかい」

「ああ、そんだ。屋台をやってた親爺《おやじ》さんが死んじまったっつう話だったな。で、屋台を手伝ってた吉六さんは、千成に料理人の見習いで入ったんだよ、確か」

「そうなんですかい」

ああ、と富作は顔を向ける。

「なんだい、知らなかったのかね」

「へえ、そういや、爺《じい》さまのことは聞いたことがなくて……」

「ふうん、まあ、そういうことだったよ、おらが聞いたのは。吉六さんは親爺さんから料理の手ほどきを受けてたんで、役に立つって喜ばれてたね」

爺さまも料理人だったのか……。吉平は独りごちる。

二人は両国橋を渡った。

「あ、あの、それと……」吉平は首を伸ばして、富作を覗き込んだ。

「そこに勝五郎ってえ人がいたって話を聞いたんですが」

「ほお、いたよ。勝五郎さんな」

いたんだ、と吉平はまた唾《つば》を呑んだ。

「その、勝五郎ってのは、どういう人だったか覚えてますか」

「ああ、おらが行くようになった頃にはもういたからね。ようく覚えてるよ」

「そんなに早くからいたってこってすかい」

「そうだよ、勝五郎さんは、十歳から小僧として上がってたって話だったよ。みなし子になって、奉公に出されたって聞いたね」

「そいじゃあ……おとっつぁんよりも勝五郎さんが、先に入ってたんですね」

「そんだよ。勝五郎さんがやっと見習いになった頃に、吉六さんが入って来たんだ。けど、吉六さんのほうが覚えが早かったらしくて、勝五郎さんは追い抜かれたんだよ」

「えっ、おとっつぁんが勝五郎さんを、ですかい」

「うんだよ、料理人頭がいろいろ教えてたのを見たことがあるよ。勝五郎さんがまだやってないことを、吉六さんがやってたね。まあ、吉六さんのほうが包丁を握ったのが早かったんだろうから、しょうがなかろうがね」

「それなら……」吉平の声が掠《かす》れる。

「勝五郎さんは、口惜《くや》しかったでしょうね」

「ああ、仲が悪くて困ったもんだって、台所で聞いたことがあるよ。喧嘩《けんか》もしてたみてえだな」

大川沿いの道を、深川へと下って行く。

吉平は胸に鼓動《こどう》を感じて、息を吸い込んだ。

仲が悪かった、という言葉が頭の中をぐるぐるとまわる。矢辺一之進の言葉がそこに重なった。

〈二人のあいだに諍いや怨みがあったとしたら、それを証立ての一つにできるやもしれん〉

この富作さんの話は、証になるんだろうか……。吉平は、拳《こぶし》を握る。

「あの、富作さんも喧嘩をしているとこを、見たことはあるんですか」

いやあ、と富作は首を振る。

「おらぁ、千成に行っても長居するわけじゃねえから、見たことはねえなあ。上の料理人から、愚痴《ぐち》みてえに聞かされたんだ」

愚痴、か……。吉平は眉を寄せる。吟味《ぎんみ》の場でどう扱われるのだろう……。

考えを巡らせる吉平は、はっと、道の端に目を留めた。

向こうから矢辺一之進がやって来る。

一之進もこちらに気づいて、目を向けていた。すれ違いざま、吉平は目礼を送った。一之進も目顔で返しつつ、見慣れない富作の顔を見ているのがわかった。

「ああ、けんど……」富作が声を洩らした。

「いっぺんだけ、見たな。喧嘩ってほどじゃないけど、言い合いをしてた。ありゃあ、おみのさんを巡っての諍いだったんだろうよ、板間に立ったおみのさんがおろおろしてたからな」

「おみのさんって、おっかさんのことですか」

「うんだよ、女中をやってたのは、知ってるだろう」

「へえ、それは聞いてやす」

「おみのさんは、はあ……」富作は目を細める。

「べっぴんでなあ。おらぁ、江戸にはこんなきれいな娘っ子がいるんだと、目ん玉ひっくり返りそうになったよ」

あの、と吉平は前にまわり込んだ。

「そいじゃ、その勝五郎さんも、おっかさんに惚《ほ》れてたってことですか」

「そうだよ」富作は吉平を手でのけて歩き続ける。

「見てりゃあ、わかるよ。男は惚れた相手を前にすっと、顔つきが変わるからなあ……おみのさんもずいぶん早くから奉公に上がったって話だったな……勝五郎さんは幼なじみみてえなもんだって言ってたけんど」

そうだったのか……。吉平は眉を寄せた。仕事だけじゃなく、恋敵《こいがたき》でもあったということか……。

「けど、おっかさんは、おとっつぁんと一緒になった……」

「ああ、そうだったな。吉六さんもなかなかの男前だったし、なんつうか、勝五郎さんみてえに、がさつじゃなかったからな。女なら、迷うことはあんめえ」

「それは……勝五郎さんは、面白くなかったでしょうね」

「そらぁそうだろうな、あとから来た男にとられたとなりゃ、立つ瀬がなかろうよ。吉六さんとおみのさんがやめる前に、勝五郎さんは千成をやめちまったって聞いたよ」

怨みだ……。吉平は足を止めた。その拳が強く握られる。

怒りと憎しみ、そして怨み……立派な裏っ側があるじゃないか……。勝五郎の顔が浮かび上がる。と、同時に腹の底が熱くなった。それが身の内を上り、喉にまで押し寄せた。叫び出しそうになる喉を、吉平は手で押さえ込んだ。

やつだ……やっぱり、間違いない……。

足を止めた吉平を、富作が振り返った。次の辻を目で示すと、

「おらぁ、左に行くよ。お茶屋はそのすぐ先だで」

そう言って歩いて行く。

吉平は地面を蹴って、走り出した。

辻を曲がり、路地を駆ける。

長屋に飛び込むと、柳行李の蓋《ふた》を跳ね上げた。

短刀を懐にしまうと、再び、外に飛び出した。


両国、日本橋を駆け抜け、京橋に入ると、吉平は走りながら懐に手を入れた。

清風の裏にまわり込み、勢いのまま勝手口の前に立った。暑さから戸は開け放たれている。

台所には、勝五郎の姿があった。台に向かって包丁を動かしている。

吉平は、息を整えながら、懐の短刀を取り出した。

鞘を抜き、光る刃《やいば》を手に持つ。

大きく息を吸い込み、吉平は中へ飛び込んだ。

「てめえぇっ」

叫び声が喉からほとばしり出る。

台所の男達がいっせいに振り向いた。

吉平は刃を上に振り上げて、勝五郎に突進していく。

「なっ……」

「なんだっ」

男達の声が上がる。

勝五郎が目を見開いた。

吉平の短刀が空を切る。

勝五郎はまな板を手に取り、前に掲げた。

短刀がそれに当たり、手から離れそうになる。吉平は慌てて握り直した。

「なんだっ、てめえはっ」

勝五郎の怒声が飛んだ。

「なんだ、だと……」

吉平は短刀を前に構えると、足を開いた。

「おれは江戸一の吉六、その倅《せがれ》だ」

勝五郎の顔色がさっと変わる。

吉平は一歩、前に出た。

「知らねえとは言わせないぞ」

勝五郎の唇がひくひくと動く。が、声は出て来ない。

と、その顔が不敵に歪んだ。

「そうか、なんの用だ」

歪んだ笑いを浮かべて、手にしたまな板を下ろす。

「とぼけんじゃねえっ」吉平の声が叫びになる。

「おとっつぁんを殺したのは、てめえだろっ」

ふん、と勝五郎が顎《あご》を上げた。

「そういや、吉六は盗人《ぬすっと》に刺されたって聞いたな。その盗人がおれだってえのかい。とんでもねえ言いがかりだ」

「言いがかり、だと……」

吉平の頬が震える。短刀を構え直し、また半歩、踏み出した。が、その目を動かして、周囲を見た。

三人の男が、じわじわとまわりを囲みはじめていた。以前、言葉を交わした政次が棒に手を伸ばすのが見えた。

吉平は掌《てのひら》に滲《にじ》む汗を感じて短刀を握り直す。と、

「ふざけるな」と腕を伸ばし、切っ先を向けた。

「てめえがタレを盗んだのはわかってるんだ。だから、同じ味なんじゃないか」

へっ、と勝五郎が笑いのような息を吹き出す。

「同じ味たあ、そっちこそふざけるんじゃない。おれの味のほうが、一枚も二枚も上だ。吉六の味なんぞ、わざわざ盗むほどのもんじゃねえ」

「味だけじゃない」吉平はじりり、と足を踏み出す。

「おっかさんのことで、逆恨みをしてたのはわかってるんだ」

勝五郎の顔が強《こわ》ばる。

「てめえ……」

手がうしろに伸び、包丁をつかんだ。

それに気づき、吉平が突っ込む。

勝五郎の手が包丁を構える。

と、吉平の足が浮いた。

政次が棒で払い上げたのだ。吉平の身体が浮いて、土間に落ちる。

「この野郎っ」

男達が走り寄って、吉平を囲んだ。棒で殴り、足で蹴る。

「よせっ」

そこに大声が上がり、人が飛び込んで来た。

「やめろ」

男らの襟首《えりくび》をつかんだのは、矢辺一之進だった。

十手《じって》を掲げる手に、男達が一歩、引く。

勝五郎が曲げた口で言った。

「こらぁ、ちょうどいいところに。この小僧に言いがかりをつけられて、困ってたところで」

「言いがかり……」一之進は吉平の血にまみれた顔を見た。

「言いがかりだけで、このような無体《むたい》をいたすのか」

一之進は勝五郎を睨《にら》むと、前に進み出た。

「止めに入らなければ、死ぬまでやったのではないか」

勝五郎は、半歩下がって、吉平をさして指を上下させた。

「そらぁ、こいつが、刃物を振りまわしたせいで……」

そこに、別のほうから男の声が割って入った。

「なにごとか」

板間に立つ武士が、身を乗り出して台所を覗き込んでいる。

「ああ、古部《ふるべ》様」勝五郎が駆け寄った。

「木戸《きど》様をお呼びください、狼藉者《ろうぜきもの》に襲われまして……」

む、と古部は踵《きびす》を返し、廊下を走って行く。

一之進は落ちていた短刀を拾い上げると、吉平の腕をつかんで、

「立てるか」

と、引っ張り上げた。

廊下から足音がやって来る。

「どうした」

古部と木戸が、板間から見下ろした。

勝五郎は吉平を指さし、

「この若造が、言いがかりをつけて襲いかかってきたんで」

む、と二人の武士が吉平を見る。

その腕をつかんで立っていた一之進が、口を開いた。

「言いがかりかどうかは、この者の言い分を聞かねば、判じることはできませぬ」

ふん、と木戸が顔を斜めにして顎を上げた。

「そのほう、南か北か、名はなんという」

一之進も顎を上げる。

「南町奉行所同心、矢辺一之進」

吉平は鼻と口から出た血を袖《そで》で拭うと、勝五郎を睨みつけた。が、一之進がその腕を引いた。

「来い」そう言って、皆を見渡した。

「この者、番屋にて吟味をいたすゆえ、連れて行きまする」

引き立てる一之進と腕を引かれる吉平を、皆が黙って見送った。

外に出ると、一之進は吉平に小声でささやいた。

「大事ないか、帰るぞ」

吉平は顔を上げた。

「え、番屋じゃ……」

「馬鹿、あれは方便だ」一之進は前を見つめて歩く。

「まったく、無茶をしおって」

大きく吐く息に、吉平は、すいません、とうなだれた。

四

翌日。

長屋の戸を開けて、一之進が入って来た。

腫《は》れた顔の吉平が起き上がると、

「大丈夫か」

一之進は布団の横に座った。手にした包みを広げて、笑顔を向ける。

「菜飯《なめし》だ、たまには人の作った物もいいだろう」

刻んだからし菜の漬物をご飯に混ぜ、握り飯にした物だ。

布団に正座した吉平に、一之進は「さて」と覗き込んだ。

「しゃべれるか。昨日のいきさつを話してみろ。まずは深川の道で一緒に歩いていた者は誰だ」

吉平は腫れの残る口をゆっくりと開いた。

「あの人は多摩から来ている富作さんといって、鈴乃屋に来てるんですけど、千成にも出入りをしてきたお人で……」

富作との関わり、さらに聞いた話を伝える。

「ふうむ、そうであったのか……」一之進は腕を組んだ。

「おみのさんを取り合う仲だったとは……それを聞けば、勝五郎に間違いないと思うのも無理はないな。それで、いきり立った、というわけか」

へい、と頭を下げる。

「つい、見境がつかなくなって……」

「うむ、まあ、わからなくもない。だが、勝五郎は言いがかりと言っておったな、しらを切ったということだな」

「へい、笑いまで浮かべてとぼけました。けど、あの曲がった笑い方といい、へんな開き直りといい、間違いありません、やつがやったんです」

ふうむ、と一之進は天井を見上げる。

「しかし、一度、しらを切ったのだ。この先もそれを押し通すであろう」

あっ、と吉平は口を押さえた。

「そうか……おれは先走って馬鹿なことを……」

「ああ、それゆえ、待てといったのだ」

「すいません」

「まあ、してしまったことは、しかたがない。それよりも、その富作とやらの話は使えるかもしれん。千成で諍いがあったのであれば、吟味の心証が違ってくる。その頃、千成にいたほかの料理人を吟味の場に呼べば、証になるやもしれん」

「なりますか」

「まあ、話次第ではあるがな。だが、おみのさんのこと……惚れた娘を奪われたということは、立派な怨みの証になるだろう」

「へえ、けど、ひと晩考えたんですが、それもしらを切るかもしれない……いえ、昨日、そのことを言ったら、勝五郎の顔がはっきり変わったんで、あたしは確かだと思ったんです。でも、惚れてなんぞいなかった、ととぼけられたら……」

「ううむ、確かに、やつの身となればそう言うであろうな……」

一之進は「いや」と、膝を叩いた。

「とにかく、千成に行って、当時を知る者がいないか確かめてみよう。そなたは、もう動くなよ」

「へい」吉平は肩をすくめた。

「あの……それと、気になったんですが、昨日のお侍、大丈夫ですか。矢辺様に迷惑がかかるようなことにならないかと、心配になって……」

「ああ、あの二人は、わたしも気にかかっているのだ。勝五郎がずいぶんと頼りにしておるようだし、どのような関わりであるのか……おそらく、古部氏のほうは御家人、木戸氏は旗本であろう」

「わかるんですか」

「うむ、身なりでだいたいわかるものだ。名はわかっているから、そちらも調べてみるつもりだ」

頷いて、一之進は腰を上げた。

「では、わたしはさっそく探索だ。そなたは、ゆっくり養生《ようじょう》するのだぞ」

目で笑うと、一之進は出て行った。

吉平は背中を見送ると、また布団に仰向けになった。

天井の木目を見つめる目が、歪んでくる。仇《かたき》を討つどころか、逆にやられてどうする……。舌打ちしたい気持ちを、ぐっと呑み込んだ。

「これ」

声が流れ込んできた。表ではなく庭からの声だ。

身を起こすと、立っていたのは隣の狩谷新左衛門だった。

「あ、どうも……」

布団から出て、手と膝で縁側に寄って行く。と、新左衛門は、

「なんだ、その顔は」と、首を伸ばした。

あ、と腫れた口元を押さえる吉平に、

「喧嘩か」

新左衛門は、眉を寄せる。

「はあ、まあ……」

うつむく吉平に、新左衛門は首を振る。

「愚かな……若気の至り、いや、馬鹿気の至りだ」

は、と顔を上げた吉平は、しばし考えてから、吹き出した。

笑いながら、新左衛門を見上げる。

「あの、なにかご用で」

「ふむ、今日はいつもの煮炊《にた》きの匂いがせぬので、気になったのだ。いや、しかし、今、得心《とくしん》いたしした。もうよい」

身をまわそうとする新左衛門に、

「お待ちを」

と、手を伸ばす。布団に戻ると、経木《きょうぎ》の包みを持って戻った。

「握り飯をもらったんで、どうぞ、お持ちを」

む、と包みを覗くと、新左衛門は鼻に皺《しわ》を寄せた。

「それがし、なにも飯の催促をしに参《こ》ったわけではない」

これまで、皮の破れた稲荷巻きや焦げの混じった握り飯を、しばしば届けていた。

「ああ、いえ、そんなんじゃないんで。あたしは口が痛くて食えそうにないもんで、いかがかと……」

ふむ、と新左衛門は縁側に腰を下ろす。

「人の情けを無にするは、仁義にもとることであるぞ。半分、もらうゆえ、そなたも残りを食え。さすれば、くれた人の情けも生きるというもの」

はあ、と吉平は縁側に座り直した。

新左衛門は一つを口に運んだ。

吉平もそっと口を開く。

新左衛門は咀嚼《そしやく》した握り飯を飲み込むと、む、と唸《うな》って吉平を見た。

「悪くはないが、旨くもない。そなたの作る物のほうが、よほど旨い」

え、と吉平は目を丸くした。味について、これまで新左衛門からなにかを言われたことはない。

〈馳走《ちそう》になる〉のひと言がすべてだった。

「そうですか」

吉平も口を動かすが、怪我のせいで味がよくわからない。

「うむ、かように違うものかの」

二個目の握り飯を頬張りながら、新左衛門は首をひねる。それを見る吉平の目と口が弛んだ。旨い、という言葉が腹に落ちて、そこからうずうずしたものが湧き上がってくる。

よし、と吉平は手を打った。

「む、いかがいたした」

顔を向けた新左衛門に、吉平は笑顔を返す。

「竈《かまど》に火を入れやす、握り飯と稲荷巻きを作らなきゃ……」

「ふむ、そうか」

新左衛門は腰を上げると、吉平に向き直った。

「その意気だ。人は畢竟《ひっきょう》、意気で生きるのだ」

へえ、と吉平は見上げる。駄じゃれか、と思うが、笑っていいのかどうか、わからない。

新左衛門は初めて、目元を弛ませた。

「意気さえ失わずにおれば、どうとでもなるものだ」

へい、と吉平は頷き、改めて声に出した。

「へいっ」

よし、と新左衛門は背を向け、隣へ戻って行った。

吉平は、勢いよく立ち上がった。


七月上旬。

両国からの帰り道、吉平が空になった岡持を振って歩いていると、道の脇から人影が現れた。

「あ、矢辺様」

おう、と矢辺一之進は寄って来る。と、顎をしゃくって、大川のほうを示した。

「待っていたのだ。川のほうに行こう」

並ぶ問屋のあいだの道を抜けて、川端に出る。

川の向こうに日が傾き、川面は茜色《あかねいろ》を映してきらきらと輝いている。大小の船が行き交って波を立て、さらにきらめきを生む。

吉平が横に並ぶと、一之進は川を見つめたまま口を開いた。

「千成でいろいろと聞いたのだが、当時いた料理人頭もそれを継いだ者も、ともにあの世に行っていた」

「そう、ですか」

「うむ、それに、吉六さんや勝五郎よりも少し年上の料理人がいたそうだが、ほかの料理茶屋に移ってしまったそうだ。千成の主であった者もすでに亡く、あとを継いだ倅は、台所のことはわからない、ということであった」

吉平は黙って頷く。

一之進はその横顔を見た。

「吉平が生まれたのが、十七年前であろう。吉六はその二年前に千成をやめたそうだ。すでに二十年近く経っていることになるからな」

「そう、ですね」

「いや、しかし、終《しま》いではない。ほかの料理茶屋に移ったという料理人を探すという手は残っている。千成からあと、いくども変わったらしいということだが、丹念《たんねん》に追って行けば、行き当たるやもしれん」

「女中は、どうですか。おっかさんを知る人はいないでしょうか」

「ふむ、そちらも聞いてはみたのだがな、料理人よりもずっと出入りが激しく、おみのさんを知る女《おなご》は、一人もいなかった」

吉平は溜息が出そうになるのを呑み込んで、空を見た。

雲の茜色が刻々と色を変えていく。

溜息を吐いたのは一之進のほうだった。

「それと、だ。勝五郎の所にいた二人の武士……仔細《しさい》がわかったぞ。旗本のほうは木戸帯刀《たてわき》様、御家人のほうは古部定之《さだゆき》殿といってな、お城の表御台所《おもておだいどころ》の役人であった」

「御台所」

目を見開く吉平に、一之進は頷く。

「うむ、お城には多くの御台所があるのだ。本丸には公方《くぼう》様の御膳《ごぜん》を作る御膳所御台所、それに大奥御膳所御台所、そして表御台所がある。西の丸にも別にあるしな」

「へえ……公方様や大奥の台所があるなら、表御台所というのは誰の御膳を作るんですか」

「大名や重臣方だ。それ以外は皆、弁当を持参するからな」

へぇぇ、と吉平は見開いた目を、向こうの台地に建つ城の櫓《やぐら》に向ける。

「お城にも台所があるのか……考えたこともなかった……」

「ああ、わたしとて、お城の御台所など縁はない。木戸様は表御台所頭《がしら》で、古部殿は料理をする台所人であった」

「料理、あのお方がですか」

「ああ、それでな」一之進は横にずれて吉平と肩を並べ、小声になった。

「面白い話を聞いたのだ。あの古部殿、五年ほど前に、急に蒲焼《かばや》きが上手《じょうず》になったというのだ」

「蒲焼き……」

「うむ、鰻も穴子も、それに鴨《かも》などの照り焼きも味がよくなったと、褒《ほ》められたそうだ。それで家禄《かろく》がほんの少しだが、増えたらしい」

「それは、タレが旨くなったということじゃ……」

「ああ、わたしもそう思った。江戸一の騒動があったのが、五年と半年ほど前であったからな」

眉を寄せる一之進に、吉平は唾を飲み込んで頷く。

「勝五郎が盗んだタレを、あの古部様に分けた……」

「うむ、むろん、礼は受け取ったであろう。そう考えれば、辻褄《つじつま》が合う。勝五郎が清風を店借りでなく、買ってはじめられたのもな」

吉平が拳を握る。

「はじめから、それが目的だったのかもしれない……だとしたら……」

いや、と一之進は肩に手を乗せた。

「そこまで断じることはできん。すべて、疑いにすぎぬ」

吉平を見る眼が揺れていた。また、我を失っては、今度こそ危ういことになる……。そう、目顔が案じている。

吉平はそれを読み取って、大きく息を吐いた。

「へい、そうですね」

うむ、と一之進は腕を組むと、さらに眉間を狭めた。

「それにな、もう一つ、こちらは面白くない話だ……わたしは上役の与力《よりき》から釘《くぎ》を刺された」

「釘……」

「ああ、与力の丹野《たんの》様から言われたのだ……証もない言いがかりの騒ぎに手間をかけるでない、となJ」

「言いがかり……え、それは勝五郎のことですか、与力様に伝わっているんですかい。なんで……」

うむ、と一之進は口を曲げた。

「実は、丹野様と木戸様は縁戚なのだ」

そんな、と吉平は一之進の前にまわり込む。

「それじゃ、勝五郎が木戸様に頼んで、木戸様が丹野様に頼んだってぇこってすか。おれの言い分は言いがかりとして握りつぶせって……」

顔を逸らせた一之進は、大きな息を吐いた。

「役人にはよくあることだ。縁故によって、相手に手加減を加えたり、見ぬふりをしたり……」

「それじゃ、いってえ、なんのための町奉行所……」

吉平の唇が震える。一之進は慌てて、その両肩をつかんだ。

「ああ、だが、それに屈するわけではない。安心しろ」

一之進は正面から見据えた。

「有無《うむ》を言わさぬ証をつかめばよいのだ。いつか、つかんでみせる。お縄をかけるのに、焦《あせ》りは禁物だ」

揺すられた吉平は、唇を噛んで見返した。

一之進はそっと手を離す。

「大丈夫だ、わたしは密かに探索を続ける。だから、そなたは自分で仇をとろうなどと思わず、地道に商いをしろ。もう、早まったことはするなよ」

吉平はそっとうしろに退いた。こちらの身を案じる一之進の気持ちが、染み入るように伝わってくる。

「へい」

吉平は小さく頷く。

一之進は安堵《あんど》したように、面持ちを弛めると、川に背を向けた。

「さ、飯でも食いに行こう、好きなものを食ってよいぞ」

町へと歩き出す一之進を追って、吉平も歩き出した。

五

七月十八日。

町の二日間の藪入《やぶい》りが過ぎ、鈴乃屋の遅れた藪入りの日になった。

吉平は空になった岡持を持ち、永代寺へと走った。留七がいるはずだ。

境内《けいだい》の参道脇で、吉平を見つけた留七が手を上げた。

走りながら、吉平は「えっ」と目を丸くした。

留七の横に、おはるが立っている。

「おはるちゃん」

荒い息で、吉平は二人の前に立ち、顔を交互に見る。

「おう」留七が笑顔で頷く。

「吉平と会うと言ったら、おはるちゃんも来るって言ってな」

うん、とおはるも笑顔になった。

「うちはすぐ近くだから、お参りしてくるって言って、抜けてきたんだ」

そうか、と吉平は少し顔を逸らしておはるを見た。

「息災そうだな、変わりないか」

「変わりないよ、吉平さんも元気そうだね」

ああ、と吉平は顔に手を当てた。腫れが引いていてよかった……。

「そうだ、おれ、黒江町の権兵衛長屋で暮らしてるんだ。おはるちゃんちからも近い所だ」

「へえ」と留七が声を挟む。

「そんなら、今日は泊まっていいか。おれ、藪入りで外に泊まったことないんだ。行く所がないから、いつも鈴乃屋に帰ってたしな」

「ああ」吉平が頷く。それは吉平も同じだった。

「古畳をもらって二枚あるから、大丈夫だ。おれもそのつもりだった」

笑みを交わす二人を見て、おはるは「それじゃ」と会釈《えしゃく》をした。

「あたしは家に帰らなきゃ……」

「えっ、もういいのか」

留七の言葉に、おはるは微笑《ほほえ》む。

「吉平さんが元気なのを見たから……じゃ」

背中を向けて、歩き出す。

「おはるちゃん」

吉平の声におはるは振り向く。吉平は伸ばしかけた手を下ろして、笑顔を見せた。

「あ、と……またな」

おはるはこっくりと頷くと、そのまま人混みのなかに紛《まぎ》れていった。

留七は吉平の背中を押す。

「ま、飯でも食おうぜ。あすこの蕎麦屋《そばや》が旨そうな匂いで、さっきから腹が鳴ってるんだ」

おう、と指をさされた屋台へと向かう。

蕎麦を手繰《たぐ》りながら、留七は横目で吉平を見た。

「そういや、おはるちゃんに渡した文《ふみ》には、なにを書いたんだ」

鈴乃屋をやめるとき、吉平はおはる宛ての文を留七に託していた。

「ああ、ありゃ」吉平は照れた顔を隠すようにうつむく。

「店ではずっと顔を逸らしていたけど、おはるちゃんを嫌ってのことじゃない、目をつけられたり叱《しか》られたりしないようにやったことだって……」

なんだ、と留七は笑う。

「それだけのことかい」

ああ、と吉平は肩をすくめた。

熱いつゆを飲み干すと、胸の内も温かくなった。よかった、という思いが湧いてくる。おはるちゃんに嫌われちゃいなかった……。

空になった鉢を屋台に戻すと、さあて、と二人は長屋へと歩き出した。

「そうだ、酒を買って帰ろう」

留七が右を指すと、吉平も左を指した。

「そんなら、天ぷらも買っていこう。あっこのは旨いんだ」

「おう、いいな、じゃ、あっちの団子もだ。今日は人の作ったもんを食おうぜ」

留七は辺りを見まわしながら、目を細めた。

酒を飲み、肴《さかな》をつまみながら、吉平がこれまでのことを話し終えると、留七は大きな溜息を吐《つ》いた。

「そんなことになっていたのか……おまえも大変だったたな」

同情を湛《たた》えた留七の面持ちに、吉平は素直に「うん」と返した。

「この先、決着をつけられる日が来るのかどうかも、わからない。けど、けりをつけなけりゃ、口惜しいのも収まらない」

そうだな、と留七は酒を含む。

「その勝五郎ってのが、ほんとにおまえのおとっつぁんを殺《や》ったんだとしたら、そらぁ、気は収まらねえな……けど、相手がお役人を味方につけてるんなら、裏で手をまわして罪を逃れようとするだろうな」

吉平は眉を寄せ、口を曲げた。

「力があれば黒を白にできるってんなら、そんな仕組みにも腹が立つ。ますます気が収まらなくなるってもんだ」

「そうだな、けど……」留七は夜の闇で暗くなった天井を見上げた。

「世の中の仕組みから見れば、おれらなんぞ、虫けらと同じだぜ。どうあがいても、おけらがじたばたすんのと変わらねえだろうよ……それよりも……」

留七は身を乗り出して、吉平と向き合う。

「味で見返してやりゃあいい。おまえがいっぱしの料理人になって、その勝五郎ってやつを叩き潰《つぶ》してやりゃあいいんだ。そら、その……」

留七は置かれた岡持を見た。

「そこに江戸一って書いてあるじゃねえか。見たときはちっと驚いたけどよ……

けど、もうおまえは江戸一の立派な主ってえことじゃないか」

「主……」

「そうさ、岡持で終わるつもりはねえんだろう」

「ああ」吉平も丸めていた背筋を伸ばす。

「これで稼いだら、次は屋台を買う。いや、最初は借りたっていい、おとっつぁんの店で掛けていたような掛け行灯《あんどん》を看板にするんだ、江戸一ってでっかく書いて」

「おう、いいじゃねえか」

「うん、それで稼いだら、次は店借りだ。おとっつぁんと同じように、煮売茶屋《にうりぢゃや》にして、いろんな料理を出すんだ。それまでには、タレも作れるようになる」

「よし、いいぞ、立派な二代目だ。そうだ、もっと大きな料理茶屋にして、勝五郎の清風の真ん前に出してやりゃいい。客を全部奪って、相手を潰してやるんだ」

留七は拳を大きく振った。

「どうだ、胸がすくってもんじゃないか」

留七の笑顔に、吉平も笑う。

「そりゃ、胸がすくな」

吉平は残っていた団子を口に入れた。蜜の甘みが口中に広がる。

「そうか、そこまで考えちゃいなかったけど……おれは料理茶屋はやりたくないな。おとっつぁんがやってたみたいに、ぶっかけ飯ができる飯屋にしたいんだ」

ほう、と留七も団子を食う。

「そっか、そのほうがおまえらしいな。おれも、気ままな煮売屋がやりたいわけだし……人には分があるもんな」

「うん、けど、いい考えだ。江戸一の飯屋にしてみせる」

「おう、それが仇討ちだ、もう殴り込むんじゃないぞ」

ああ、と吉平が苦笑すると、留七も片頬で笑った。

「ったく、おまえは危なっかしくてしょうがねえ」

そう言う口からあくびが出る。と、台所を見る。

「明日は商いに出るんだろう。おれにも手伝わせてくれ、面白そうだ」

そう言って、留七はごろんと横になった。畳の上に手足を伸ばすと、すぐに寝息を立てはじめた。

吉平は留七に布団を掛けると、その横に仰向けになった。

留七の寝息が耳を撫《な》でる。

久しぶりだな、こんなの……。思うと同時に、眠りに落ちていた。

六

七月も終わりに近づいていた。

両国の広小路で、吉平は岡持を抱え、行き交う人々に声を上げた。

「稲荷巻きぃ、揚げが旨い稲荷巻きだよ」

馴染《なじ》みとなった客もいるが、それは近くの店の人らだった。両国界隈《かいわい》は常に多くの人が来ては通り過ぎて行くため、ほとんどが一見《いちげん》の客だ。

「そらぁ、なんだい」

立ち止まった男に、岡持の蓋を開けてみせる。

「へい、稲荷揚げで巻いた飯で」

ふうん、と見ただけで行ってしまう。

だが、うしろから覗いていた女が、首を伸ばした。

「五つおくれ。子供に持って帰ろう」

「へい、毎度」

岡持を置いて、経木に包んで渡すと、女は下駄《げた》の音も高らかに去って行った。

蓋を戻していると、頭上から影が差した。

顔を上げた吉平は、はっと息を呑む。

立っていたのは勝五郎と政次だった。

ふうん、と勝五郎が頰を歪める。

「江戸一ってえ名を掲げた立ち売りがいるって聞いたが、やっぱしおめえだったか」

くっと、息を呑む吉平に、懐手《ふところで》をした政次が肩を揺らした。

「おう、こちとら客だぜ、その売ってるやつを見せてもらおうじゃないか」

吉平は顔を強《こわ》ばらせつつも、蓋を取った。

「へ、なんでえ、こりゃ」

政次が吐き捨てると、勝五郎が笑った。

「いくらだ」

「六文で」

吉平の答えに、勝五郎はふん、と鼻を鳴らした。

「そんな賤価《せんか》な物を売って、よくも江戸一なんぞの名を掲げたもんだ」

吉平は思わず拳を握りそうになるが、それを押しとどめた。

「まあ、食ってみやしょうや」政次が顎をしゃくる。

「そうだな、四つ、包んでくれ」

「椎茸と生姜が、あります」

吉平は震えそうになる声で言う。

「ふん、なら二個ずつだ」

唇を嚙みながら経木に包んで立ち上がると、ぐいと勝五郎に差し出した。

けっ、と政次は手を開いて銭を落とす。

その横で、勝五郎が経木を開き、稲荷巻きを地面に落とした。

えっと、見る吉平に、勝五郎はにやりと笑う。

その笑い顔のまま、落ちた稲荷巻きを足で踏み潰した。

「おおっと、いけねえ、手が滑って足も滑った」

吉平は顔が熱くなるのを感じ、息を吸い込んだ。待て、落ち着け、と自分に言い聞かせる。耳の奥で一之進の言葉を思い出していた。

〈焦りは禁物だ……もう、早まったことはするなよ〉

唇を嚙む吉平に、勝五郎が顔を近づけた。

「いいな、二度とおかしな言いがかりをつけるんじゃねえぞ」

「おう」政次も続ける。

「今度、下手《へた》なことを言いやがったらただじゃおかねえ。腕へし折って、二度と包丁が握れねえようにしてやっからな」

鼻息を吹きかけてくる。

顔を引いた吉平は、睨みつける。

それを小馬鹿にする笑いを見せて、二人は「ぺっ」と吐き捨てると、踵を返した。

吉平は足を踏み出しそうになる。

が、その足下に駆け込んで来たものがあった。犬だ。

落ちた稲荷巻きに、かぶりついている。と、さらにそこに駆け込んで来たものがあった。今度は人だった。

幼い二人の男児が、落ちた稲荷巻きに手を伸ばす。

「よしなっ」

吉平はその手首をつかむ。

子らはびくりと身を引いた。二人とも着物はつぎはぎだらけで、ほつれた糸があちらこちらに垂れ下がっている。

吉平は、手首を離して顔を振った。

「そいつは犬にゃんな、そら……」

岡持から稲荷巻きを取り上げ、一つずつ差し出した。が、二人は顔を見合わせる。

吉平は、笑顔になった。

「銭はいらねえよ、食いな」

ぱっと目を開いて、子らは稲荷巻きを口に運ぶ。

「うめえっ」小柄なほうが大声を上げた。

「あんちゃん、これ、すっごく旨いよ」

兄も囓《かじ》りつく。

「ほんとだ、うめえ」

離れかけていた勝五郎と政次が振り向く。

「こんなに旨いもん、食ったことねえ」

笑顔になる弟の横で、兄は半分になった稲荷巻きを手にして、振り返った。

広小路の隅で、細い女がしゃがんでこちらを見ている。

「おっかさんかい」

吉平の問いに、兄が目で頷いた。そうか、と吉平は微笑む。

「なら、その手のやつを食っちまいな」

吉平は経木を広げ、稲荷巻きを六個、包んだ。

「そら、おっかさんと食いな」

「いいのかい」

兄は受け取ると、母に向かって、経木を高く掲げた。

「おっかあ、すっごくうめえもん、もらったよ」

遠くの母が吉平に頭を下げる。

兄弟は包みを抱えて、そちらに駆けて行った。

「そんなに旨いのか」立ち止まった客が覗き込む。

「なら、試しに一個くんな」

「椎茸と生姜、どっちにしますか」

「味が違うのか、なら、両方くれ」

吉平が渡すと、男は交互に口に運ぶ。

頰を膨《ふく》らませ、それを吞み込むと「ほんとだ」と笑みを浮かべた。

「こいつはうめえや。四個、いや、六個包んでくれ、持って帰らあ」

へえ、と別の男も手を伸ばす。

「そんなら、こっちにもくれ」

「そんじゃ、あたしにも」

次々と上がる声に、吉平は「へい」と手を動かす。

立ち止まった勝五郎と政次は、鼻に皺を寄せて、それを見つめていた。

「すいやせん、もう売り切れで」

吉平は空になった岡持を抱える。

ちっ、と勝五郎と政次の舌打ちが鳴り、二人は土を蹴り上げて背を向けた。

吉平は岡持を斜めにして、江戸一の字を空に向けた。

おとっつぁん、見てたかい……。

息を吸い込むと、吉平は腹の底で呼びかけていた。

「えいっ、やっ、とうっ」

庭から聞こえてくるかけ声を聞きながら、吉平は稲荷巻きを巻き終えた。

それを皿に盛り、縁側に出て行く。

「おはようございます」

そう挨拶をして庭に下りていくと、狩谷新左衛門は木刀を振りながら、うむ、と頷いた。

その場で立つ吉平に、新左衛門はやがて手を止めた。

吉平は走り寄ると、手にした皿を差し出した。

「稲荷巻きです、どうぞ」

「うむ、かたじけない」

「今日の稲荷は破れた物じゃありません」

む、と皿を縁側に置いた新左衛門が振り向いた。

吉平はそこに寄って行く。

「あの、実はお頼みしたいことがありまして……」

「ふむ、言うてみよ」

向き直った新左衛門に、吉平は背筋を伸ばす。

「あたしにやっとうを教えてほしいんで」

む、と新左衛門は眉を寄せた。

「剣術を学びたいと申すのか」

「へい」

「なにゆえに、さようなことを考えたのだ」

小首をかしげる新左衛門に、吉平は半歩、間合いを詰めた。

「実は、あたしには父の仇がいるんです」

「仇……そなたの父はその者に命をとられたと申すか」

「へい、そいつは逆恨みと欲で、おとっつぁんを殺したんです」

ふうむ、と新左衛門は眉間を狭める。

「それゆえに、そなたが仇を討とうと思うたか。しかし、武士の仇討ちは許されておるが、町人は御法度《ごはっと》、行えば死罪になろう」

死罪、と吉平は喉元で唾を飲み込んだ。

「へえ、なので、相手を殺そうってえんじゃないんで。ただ、相手に怒鳴り込んだら、今度はあたしも怨みを買うはめになっちまったんで、手前の身を守るくらいの術は身につけておこうと思ったんです」

「ふむ、このあいだの怪我はそのせいか」

へい、と頷く吉平を、新左衛門はじろりと見る。

「顔を打たれるというは、護身がおろそかであるということだ。確かに、そのようなことが今後も起きそうなのであれば、武術の基は身につけておいたほうがよかろう。身を損なうことになれば、先行きまで損なうからな」

「へい」吉平は頷く。

「敵はお城のお役人を味方につけて、罪から逃れようとしてるんです。おれはそんな力にも負けたくない。負けないように、闘う技も気構えも、身につけたいんで」

「ほう、役人を味方にして、か、それは義にもとること、聞き捨てならぬな」

待て、と新左衛門は家の中へと入って行った。

戻って来た手には木刀が握られていた。

「持ってみよ」

差し出された木刀を握る。

「ああ、そうではない」

新左衛門は横に付いいて、手を添える。

いくども握り直して、なんとか構えがついた。

手にこもる力に、吉平は腹の内が熱くなってくる。

「言うておくが」新左衛門が声を重くする。

「多少覚えると、気持ちも大きくなるものだ。だからと言って、考えを変えて相手を討とうと思うでないぞ。生半可《なまはんか》の腕では、返り討ちに遭《あ》うのが関の山だ」

「へい」吉平は頷く。

「仇は味で討ちます」

「ほう、なればよい」

新左衛門が横で同じように構えた。

それを振り上げて、かけ声を放つ。

吉平も真似《まね》て、口を開いた。

「やあっ」

と、声が空に上がっていった。

コスミック・時代文庫

仇討《あだう》ち包丁《ぼうちよう》
盗まれた味

2021年8月25日　初版発行

【著 者】
氷月《ひづき》　葵《あおい》

【発行者】
杉原葉子

【発 行】
株式会社コスミック出版
〒154-0002 東京都世田谷区下馬 6-15-4
代表　TEL.03(5432)7081
営業　TEL.03(5432)7084
FAX.03(5432)7088
編集　TEL.03(5432)7086
FAX.03(5432)7090

【ホームページ】
http://www.cosmicpub.com/

【振替口座】
00110 - 8 - 611382

【印刷／製本】
中央精版印刷株式会社

乱丁・落丁本は、小社へ直接お送り下さい。郵送料小社負担にて
お取り替え致します。定価はカバーに表示してあります。

ISBN978-4-7747-6309-5 C0193